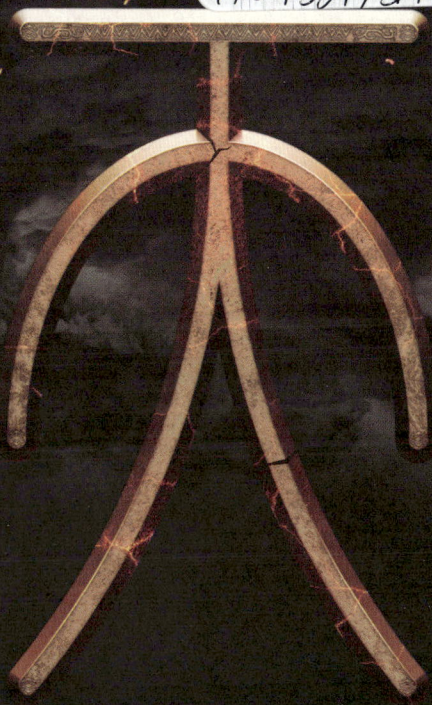

王星佐

著

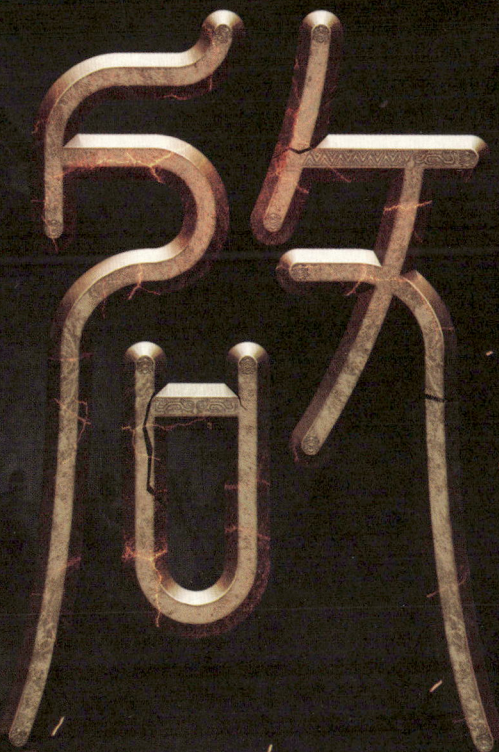

山海出版社

冥冥之中自有安排

序

我不知道我写下的这些文字有没有人可以看到，但如果你看到了，请注意自己的安全。

我叫高浩宇，之后是关于我的故事。

2020年初的某一天，我偶然收到了一个包裹，打开以后发现是这本书。我猜想可能是明史论坛上的网友寄给我的，就没有多想，之后想起来看这本书时发现了几个奇怪的事情。

本书的故事始于 2008 年。

那是一个雨夜，在国贸的一家火锅店里，王星佑跟我说，他要写小说了。

我和星佑曾就读于一所大学的历史专业，同年入学，军训走方阵时认识了彼此，我们两个在自我介绍时都说自己是狂热的明史爱好者。因为有共同的爱好，我们两人顺理成章地成为最要好的朋友。大学四年时间里，至少有六成的时间我们都是在一起度过的，我们甚至都不曾找过女朋友，以致学校里一直流传着我和星佑有特殊感情的传说。当然，这些都是笑谈。

毕业后我进入了天津的一家出版社成为编辑，而星佑选择继续读书，硕士毕业后成为自由撰稿人，专门给一些史学期刊写写稿子，也投稿过一些小说，日子过得可能不算多好，但还能在北京漂得住。因为工作和生活的双重压力，我们两人的联系也越来越少——更多的是我们浏览彼此 QQ 空间的痕迹，虽然里面从没什么内容——掏心掏肺地把酒言欢变成一种奢侈，在国贸一起吃火锅前，我们已经有半年不曾见面。

一是这本书并没有在市面上大规模流通，甚至没有公开销售的记录。让我更奇怪的是，在这本书出版之前，仓库就发生了大火，新闻上说所有的书都被烧毁，甚至有工作人员被烧死。

他老了，这是我见星佑的第一感觉。

说来也怪，只是半年没见，却仿佛过了数载，明明两人的生活什么都没变，却好像天翻地覆一般彼此都不再相识相知，我们甚至很客套地寒暄了一下，但很快这种生疏感就被两瓶啤酒击退，我们仿佛又一次回到大学门口的路边摊。星佑也给我讲了他为什么要写这本小说。

那是 2007 年，星佑在一个认识很多年的古本书贩子那里打听到有人以高价售卖一大批明朝末年的手写本，而且卖家希望可以有人一次全买走。星佑专程过去看了一次，确定东西都没问题，只是开价实在太高，远远超出了他当时的承受能力。星佑的家庭情况不好，父亲在他两岁时就因车祸去世，母子相依为命，他读研究生时母亲又因病离世。之后的日子，星佑只能靠一人打拼，但总归是一人吃饱全家不饿。

出于对这批手写本的挚爱，星佑一咬牙直接把老家的房子卖了，换了几万块买了这一批全都来自明朝天启到崇祯年间京城本地商户、文人和军人的手写本，共计 97 册。

二是我在论坛上和网上发现大量明史爱好者都收到了这本书，但这些人仿佛都凭空消失了，我完全没办法联系上。

在整理这批手写本时，星佑发现有几本非常特殊：其中一本是明朝天启年间一位锦衣卫的笔记，记述了一个奇特的案件，而且这份和明朝走向灭亡直接相关的笔记并没有结尾。笔记里透露出来的众多信息让星佑兴奋不已，于是决定改写一个故事。他一再强调，这一定会颠覆人们对明朝的认知。酒过三巡，他还一个劲儿喃喃自语道："历史到底能不能改写？谁会改写？"

当时我就允诺星佑，只要他愿意写，我就给他出版。我还直接和星佑签了出版合同。

星佑这一写又是一年。中间有长达半年的时间，星佑仿佛凭空消失了，也没有回过我的消息。我当时十分担心，甚至一度打算报警。后来我实在没忍住，直接去了他家。结果发现他就在家里，当活生生的一个人站在我面前时，我反而有些不知所措。这次星佑给我讲了另外一个故事。

在他刚开始创作小说时，就听说当初卖书给他的商人和介绍两人认识的掮客相继因为意外去世，这种过度的巧合让星佑十分不安。之后星佑总觉得有人在跟踪他，甚至怀疑有人在他家附近盯三是我在开始阅读时就尝试联系了本书的编辑唐益才，但是出版社的答复是唐益才失联了。我又通过出版社联系上他的未婚妻袁遥，唐益才在消失前曾告诉袁遥"不要看"。

梢，打电话时偶尔也会听到电话里有奇怪的杂音，仿佛电话也被监听了。于是星佑干脆不再用手机，安心创作，平时除了去餐馆和超市以外，从不出门，终日疑神疑鬼。

这次见星佑，他整个人已经变了模样，面容沧桑，瘦骨嶙峋。我只能劝慰他想太多了。他也只是笑笑，然后告诉我马上就写好了，让我再等等。

这是我最后一次见星佑。

半年后，突然有一天，我接到了星佑的电话，他说寄了一个包裹给我，里面有他重金买下的古本书和小说书稿，但是书稿的顺序是混乱的，他希望我按这种奇怪的方式出版。我问他原因，问他这半年过得怎么样，为什么不回我的消息。他却言辞闪烁，欲言又止，只说了些没头没尾的话。挂了电话，我马上赶去星佑家，门竟然没锁，却已是人去楼空。我等了好久，再也没见过他，没有了他的消息。

很快，我就收到了星佑在电话里说的包裹，在整理这些东西时，

这让我对这本书的内容感到十分恐惧，
于是我准备一边做笔记一边阅读，
希望留下来的内容可以见证某些重要的东西。

我发现了一件非常奇怪的事情，所有物品里少了两样我最想看的——星佑的小说和原版的笔记。我找到了其他 96 册古本书，唯独缺那一本。

凭借和星佑多年的好友关系，我还是发现了线索。在星佑大量的手写笔记里，我找到了一串数字，这串数字全世界除了我和星佑以外，几乎没有人知道是什么意思。这串数字对应的是我们大学图书馆里明史图书的书架。大学期间，我们两人经常在那里借阅图书，而真正愿意来这个书架借阅的人，整个学校也少之又少。我们借阅的一些书甚至落满了尘土。当年我们就互相打趣，如果要藏东西，这里显然是最好的地方。

我在这个书架的角落里，找到一个 U 盘，但被加密了。星佑在手写笔记里只留下了一个线索，写的是"从 Q 到 O 的距离"，这种小线索自然难不倒我。有兴趣的读者也可以猜猜密码到底是什么。

U 盘里面就是这本小说的电子稿，于是我决定按照星佑说的方式为他出版这本书。所以，大家在阅读时，各章的顺序是混乱的，更重要的是，这些笔记在我也失踪的情况下，可以为警方提供一个参考。

至少为我的失踪留下一点线索。

这不是排版问题，想找到正确的顺序，需要动一动脑子。

说来也怪，在给星佑改稿子时，我也总觉得周围发生了一些奇怪的事情，仿佛我也在被人监视，可能被星佑当时的情绪感染了。

最后，还有一件非常重要的事情——星佑，如果你看到自己的书出版了，请务必跟我联系，我很担心你。

李益才

最后，不管你是谁，我还有一件很重要的事希望你知道，这本书里有大量隐藏的谜题，可能涉及某个阴谋，我已经尽量标记和破解出来，剩下的就需要你自己想办法解决了。

高浩宇

北居賢坊

想着兴许能发现王星佑和季益才的踪迹，
我陆续走访。

这些地方现在都有不少游客打卡，
可我没有找到任何线索。

从文本来看，
这似乎只是一本很普通的明代历史小说。
如果仅仅是这样，
李益才为什么叮嘱袁遥不要看？

"宁死不屈！"

一声垂死呼喝，夹杂着喉间轻颤，逐渐被席卷而来的雷雨声掩盖。雷声轰隆，似山鸣地啸，不绝于耳。雨似铜珠，一滴，两滴，三滴。继而狂风骤袭，裹挟着雨珠，铺天盖地砸下。乌云密布，不见天日，骤雨转瞬汇聚成溪，湿了那人头发，湿了衣衫，湿了鞋袜。

雨帘交织，似张张铁网。自网缝窥去，只见远处隐隐闪过鬼魅黑影，黑影越来越近，只听得簌簌几声，三个黑影已到跟前。刀剑出鞘，银光乍现，忽然电闪雷鸣，映着刀光剑影，映着一张张古铜色的脸。

严明左手扶着刀鞘，右手紧握刀柄，刀还未拔出，但见寒光一闪，一柄利剑直刺而来。未及多想，严明以刀鞘拨开长剑，纵身跃开，趁机拔出绣春刀。对方穷追不舍，刀剑相撞，声如石裂。又一把剑斜刺而来，严明避之不及，胸前衣襟被剑刃划破。

短短三五回合，严明已然无从招架，他左支右绌，应付不及，眼见一人双手持刀，朝着自己面门劈来，却无从躲闪。他全身衣服早已湿透，雨水和冷汗顺着额前发丝流下，长刀倒映在他的双瞳，越来越近，他无力地闭上了双眼。

严明知道，这一闭眼，再睁开可能就是下辈子了。

天启六年五月初二，北京。

"严明，大人叫你。"

冷不丁一声喊，倚在北镇抚司衙门角落睡觉的严明顿时睁大双眼，猛地坐起。正午日头高悬，强光如锥，刺得他不得不闭眼，以右手挡了光，再缓缓眯了条缝，望向一张堆笑的脸。这张脸平素总是怒气横生，今日竟一反常态，笑得假眉假眼，直教人后背发麻。

"严明，大人叫你。"来人见他不做丝毫反应，便耐着性子又叫了一次。

和我老板一样

严明尚未从梦中缓过神来，直愣愣看着来人。只见这人头戴乌帽，身着青绿锦绣服，腰挂令牌，脚踩黑靴，因身材微胖，活脱脱一个青绿粽子，一笑起来满脸堆褶。此人不是别人，正是北镇抚司衙门的百户林政。

严明知道，林政口中的"大人"，是锦衣卫指挥使田尔耕大人，但他依旧面无表情，没有起身的意思。眼前似乎还是漫天雷雨，飘着黑衣魑魅，举刀持剑向他袭来，剑影刀光，招招致命。严明里衣冷汗未干，吹着从府衙门缝潜进的几缕寒风，又冷了几分，不觉打了个哆嗦。

_正月初二
不冷吧？_

林政见他又在犯痴，备感无奈，只得再次催道："快去，别叫大人久等。"

天有异象！

严明这才清醒过来，一骨碌从地上爬起，掸了掸灰，又觉梦里最后被人砍死十分晦气，就地啐了口痰。林政以为啐的是他，当即收了笑，换上一脸刻薄，谩骂道："嘿，你这厮皮子惩贱，好话不听，非得讨骂是吧？"

严明懒得理他，径自往内堂走去，路过他身边时，听见一声低语咒骂："闷葫芦瓢儿，还是千户的儿子，没半点出息！"

严明对此早已司空见惯，依旧不作声，转身进了内堂。

"大人。"严明躬身向座上田尔耕大人行礼。

田尔耕今日穿着公服，头裹青黑圆顶幞头，一身蓝色妆花罗曳撒，飞鱼纹盘绣两肩，胸前补子上的飞鱼张开双翼，似要飞旋而出，直冲九天。

田尔耕单手支颐，细细打量严明，见他一身粗布衣裳，平平无奇，头上随意扎着发带，在额前垂下两缕发丝，正好半遮了他无波无澜的眼。他整张脸无悲无喜，仿佛死寂一般。

"你入职锦衣卫多少年了？"田尔耕收回打量他的目光，随口问道。

严明仍旧面无悲喜，对他的打量恍若未觉，再次躬身道："十八岁那年入的锦衣卫，上月刚过二十八岁生辰，算来有十年了。"

田尔耕思索片刻，没话找话地问道："哎，转眼都十个年头过去了。在锦衣卫的这些日子，心中可有何感想啊？"

严明道："没什么别的感想，只觉得日子越过越快了。"

"是啊，时不我待，光阴易逝啊，哎。"田尔耕大人有心与他多闲聊几句，却备感词穷，偏生这"闷葫芦瓢儿"是个不通人情的主儿，竟丝毫未察田尔耕大人的窘迫，直愣愣杵在那儿，像根久未逢春的枯木。田尔耕两撇八字胡抖了抖，好一通搜肠刮肚，方继续说道："咳咳，不过你总这么闲着也不是办法，我在你这个年纪的时候，可是一刻也不得闲。年轻人嘛，总得有点儿朝气，找些事做做。"

严明揖手道："大人说得是。"

田尔耕道："今日正好有个案子，你可以去看看。"

楼下垃圾桶旁有一摊不明红色液体，应该是个偶然，谁家杀鸡放血。

听到这话，严明不由得一愣。

自父亲过世后，严明已经闲了一年有余。这绝非北镇抚司清闲无事，更非锦衣卫弟兄们怜惜他，怕他劳累，而是整个北镇抚司几乎没人看得上他的办案能力。想那严肃，当年在锦衣卫里也是个响当当的人物，位居千户，刀法了得，万历年间曾赴朝鲜战场杀得倭人节节败退，坊间唱他："千户姓严衣锦绣，飞檐踏雪过无痕。历经沙场全身退，一柄春刀敌百人。"便是这以一敌百的人物，却养了严明这么个羸弱的儿子。严明早早地便进北镇抚司做了锦衣卫，却并未在父亲与同僚的熏染之下学得一身本领，众人见此不觉唏嘘一声"无乃父之能"。

严明不仅"无乃父之能"，更"无乃父之才"。若说严肃办案是干净利落、百无一疏，那么严明办案则是杂乱无章、拖泥带水，每每都要父亲严肃为他善后。早些年，上头也给严明派过一些案子，可无一不被他搞得一团糟。就拿几年前的那场诬告案来说，分明是个芝麻绿豆大点儿的小案，随意盘问两句便可结案，愣是让他闹腾得半个京城鸡犬不宁，却依旧没搞清真相。在就职锦衣卫的十年里，但凡严明经手过的案子，总会闹出笑话来，成为办完差事围坐一团的同僚们的闲话谈资。

世事清明无人问，世事浑浊乱搅和，这大概就是严明的做事风范了。自严肃过世后，世间再无人替他收拾烂摊子，上头也就不再给他分派案子了。

田尔耕见他许久不应，面露愠色，问道："怎的，你不愿？"

严明适才发怔，听得田尔耕大人这声讯问，方才回过神来，俯首作了一揖，却不回答愿不愿意，只问道："敢问大人，是个什么案子？案发地在何处？"

田尔耕道："命案，北居贤坊吕宅。"

有明一朝，北京所设区域多有变动，有南薰坊、澄清坊、时雍坊、教忠坊、崇教坊、昭回坊、靖恭坊、灵椿坊、金台坊、积庆坊、明照坊、黄华坊、思诚坊、居贤坊、发祥坊、阜财坊、咸宜坊、鸣玉坊、日中坊、金城坊等。命案发生在北居贤坊，位于内城的东北角，东直门旁。

我专门找了一张北京的地图

北居贤坊有座吕宅，是此坊知名大户。这吕宅原不在顺天府，乃是几年前由应天府搬迁而来，多年经商，颇有些家底。坊间传言吕老爷与官家私交甚密，甚至与那"黄圈圈"也有些走动，故而众人都晓得，他虽从商，但在京城却颇有些势力，不容小觑。

有钱有势的人，总归有些讲究。譬如这吕宅，每日破晓前，必会有下人拿着笤帚将门前清理得干干净净，一尘不染。要说这京城，虽是天子脚下，但街容却很是不堪入目。大街之上，南来北往的游街小贩扯着嗓子招呼着来来往往的商客；涂脂抹粉的娼妓穿着艳丽的衣裳拉扯着不知今日第几位恩客；偶尔冒出几个一身破烂的乞丐抱住"商客"或者"施主"的大腿，乞道："老爷，可怜可怜我，赏点儿吧。"一日之内，一城之间，啼哭与笑闹不断，唾沫与烟尘齐飞。乱便罢了，最让人难忍的是脏。街道成了某些不自重之人的露天厕所，人有三急，当街方便，使得大街之上屎尿遍地。夏日臭气熏天，蚊蝇哄哄；冬日屎尿冰封，令人寸步难行。久居京城的普通人家早已对此习以为常，只有那官宦人家才会将府邸四周清理干净。吕宅虽不属官宦，但与官宦有着千丝万缕的牵连，故而也讲究得紧，宅院院墙两丈之内，必定打扫得清清爽爽，每日如此，从未间断。

这日，天将破晓，日头被裹在云堆里，像裹着一团即将喷发的火。若是往常，吕宅早该有下人出门打扫门庭，而这日直等到日头斜射进窗户，也不见吕宅有半个人影出来。街坊四邻早已醒来开始一日的营生，不知哪位最先说了句："嘿，今儿倒是奇了怪了，这日头都晒屁股了，咋还不见吕宅的人出来洒扫呐？"

有那耳朵灵敏的听见这话，也起了疑，接着说道："是啊，真是作怪，这吕宅不是一向挺爱干净？"

就这么你一舌我一言，起初仅三三两两闲人嚼舌根，不一时竟引来大批人围观，将吕宅围了个水泄不通。众人议论纷纷，七嘴八舌，有说吕家经商吃了大亏，在外头欠下一大笔债，为躲债主连夜逃跑的；有说吕宅兴许今儿休沐闭门一日的；更有那无稽怪诞之谈，说这几日天有异象，吕家人凭空消失了。

众人闹成一片，沸反盈天，直到巳时依旧不见吕宅有人出来，便有那看热闹不嫌事大的闲客直接去报了官，兵马司随意差了几个人去瞧瞧。

围观众人让出一条小道给差爷通行，待官差抵达吕宅门口时，只伸出手轻轻一推，那门便吱呀一声开了条缝，原来那门竟只是虚掩着的。官差推门抬腿正准备入府，却僵直身子立在了原处。围观众人见到院内一幕皆作鸟兽散，连随行兵丁都被吓得双腿打战，跌倒在地。

吕宅之内，满院血腥，一地死尸。

分明日头高悬，却透着阵阵阴冷。鲜红的血，青绿的尸，招来蚊蝇贪婪地吸食。垂花门内外，血色在日头下显得尤为扎眼，血迹各异，有自体内喷薄丈许留下的血斑，有自血脉顺流而下聚成的血滩，还有那垂死挣扎时在地面拖动的血痕。风干的血染红了横七竖八乱躺的尸，自大门外向内看，仿佛一片血湖上漂泊着具具无魂尸。

自天启元年以来，这样的大案鲜少发生。不过凶案再大，也与锦衣卫无关。从前，锦衣卫的主要职责是为皇家收集情报，侦缉廷杖；如今，锦衣卫的主子除了皇家，还多了个魏忠贤。可就算锦衣卫多了个主子，差事较从前繁重许多，怎么轮，也轮不到严明头上，不然他也不会在北镇抚司闲了一年多。

原本，像这样的案件和北镇抚司没什么关系，锦衣卫们也不过像寻常百姓一样嚼嚼舌根，当作茶余饭后的又一桩谈资罢了。可田尔耕告诉严明，衙门在吕宅查案时，发现了一封检举"魏公"的秘信，这事便成了锦衣卫的"分内"之事了。

"吕宅这案子，绝非表面所见那般简单。"

突然，一个声音自严明心底升起，自心房传至耳畔，敲打着他的耳膜，平静而冷淡。

这是严明自己的声音，大抵因为多年来无人可与诉说。父亲虽待他亲厚，但却不善言辞。终日里陪着他的，不是书卷，便是长夜。不知从哪一日起，每当严明心思慌乱、踌躇不决时，耳畔便会响起这个声音。严明曾瞒着父亲私下找过大夫医治，大夫告诉他此乃"心猿之症"。

严明为这声音起名为"竟之"，出处乃是严明前些时候从市面上买来的几本《几何原本》译注图书，译者曾在前六卷翻译完成后，说过"意方锐，欲竟之"。严明觉得此译者志趣高远，便以此句为这声音起了个名。

"我知道。"严明对竟之说道，"我当锦衣卫的这些年，何曾办过什么像样的案子。父亲过世后我手头连鸡毛蒜皮的小案也捞不着，如今这么一大桩命案落在我头上，由不得我不怀疑。"

竟之淡然说道："依我看来，吕宅这案子约莫有三种情况。一是这案子是个烫手山芋，谁也不想给自己招惹多余的麻烦，无人愿接，所以众人推来推去就推到了你这里。哦，不对，是推到了'我'这里。"

严明道："嗯，有道理，剩下的两种情况呢？"

那声音又道："二是检举魏忠贤大人的那封信只是个可有可无的物证，没法撼动魏公分毫，是以派了'我'来走个过场。三嘛……"竟之顿了片刻，陡然压低了声音道："三是有人欲置'我'于险境，欲加害于'我'。"

严明听闻此话，后背一阵冰凉，不觉打了个寒战。

然而究竟是何意图，一时半会儿也无从定论，严明苦笑着摇摇头，索性下了马，径直去往吕宅一探究竟。

吕宅门外早已无人围观，只有几个把门兵丁。

为首一人见严明出现，立刻上前询问道："敢问官爷，可是前来查案的锦衣卫？"

严明微微颔首道："锦衣卫总旗，严明。"

几个兵丁立即一齐上前行礼，礼毕，几个兵丁准备将严明往宅子里引，严明没有立刻进去，而是停下脚步询问方才率先认出他的那人："你如何知道我是锦衣卫？"

那人笑道："大人虽然穿着便服，也没有佩挂绣春刀，可这儿毕竟是凶案现场，寻常人哪个愿意来这儿？除了我们，也就只剩下锦衣卫了。"

严明更加疑惑，继续追问道："京城民众向来好事者居多，每回有大案发生，案发现场必定会挤满围观之人，为何今日这般安静？"

听严明这么一问，几个兵丁立刻敛了笑容，互相对视一眼。方才那人愣了片刻继续说道："看来官爷这几日没关心京城的新鲜事啊……"话说到一半，他却突然停下，怕自己多嘴，迟疑着不知该不该往下说，严明用眼神示意他继续，他方叹息着接着说："哎，这几日京城不太平啊……"

严明更加不解："嗯？"

那人又说："官爷您可知，从去年开始，直到今年，京城出现了大旱？"

"知道。"这件事，严明自然知道，从去年至今岁，京城降雨少于往年，极不寻常。

"这大旱刚开始的时候，京城里就有传言说太平年岁即将耗尽，

我查了当年的气象记录，果真很奇怪。

接下来可就要不太平了，恐怕会有大事发生呐！但更神的事发生在上个月，官府接连收到民众和更夫上报，说京城夜里常有怪鸟在天上盘旋，发出极其诡谲的嘶叫声，听着如鬼魅般让人亡魂丧魄。有老人说这是鬼车鸟，大灾之象。"

这件事，严明倒是有所耳闻，此前在北镇抚司听人提起过。但自己不喜与人深交，对这件事只知道个大概，具体如何却不清楚。

"然后就是前几日的事，官爷你肯定知道。放在往年，五月已经可以换上短衣了，而今年却出现霜冻，大家伙儿只能穿着棉衣出门。这京城河道两岸的柳树，垂下的枝条上挂着冰凌，跟水晶似的，看着倒是十分雅观。哎，我活了这大半辈子，可从没见过此等异象，这实在不像是吉兆。"

严明只是微微颔首，示意自己已经知道这件事，也有让他接着说的意思。

"前日里又出现了一桩怪事，京城上空出现了一朵斗大的云，看着像一面大旗似的，先是停留在城中上空，后来刮起一阵大风，那云也不散，竟绕着京城打旋儿……"

这事严明倒是不知，前日他将自己关在房中看了一整日书，并未出门。他睁大了眼，定定盯着这人，认真地听他说。

"这一连串事情下来，早就闹得人心惶惶。您也知道，京城的人一向敬畏鬼神，稍微有点儿风吹草动就吓得不敢出门。吕宅刚出事的那日清晨，大家不知道究竟出了何事，倒还有些人凑来看热闹。等大家知道这吕宅死了人，就再没人敢靠近了。所以，我看您孤身一人敢到这儿来，一定是锦衣卫了。"

严明觉得他这番说辞颇为清晰有理，便问他："你怎么称呼？"然后顺势打量起这人来，见他身形瘦削，一身褐衣，面容虽平平无奇，但较其他兵丁看起来更加稳重，只是从两个骨碌碌转的眼珠里透出几许油滑相来。

那人恭敬答道："属下兵马司吏目张文文。"

原来只是个吏目。严明不愿再与他多谈，冷淡说道："带我去见你们指挥使。"

张文文道："大人，指挥使未到。"

严明道："那带我去见你们副指挥使。"

张文文道："副指挥使也未到。"

严明听得云里雾里，头皮发麻。

如此大案，理应指挥使亲自到场，仅派个吏目来能成什么事儿？但转念一想，这京城的指挥使和副指挥使，不是亲王远房，就是高官家眷，多是托裙带走关系上位的，一个个霸着官职尸位素餐，哪能指望他们办个什么正事。严明攥紧了拳头，忍气问道："是还没到，还是不会到了？"

张文文迟疑少许，躬身答道："回大人，不会到了。"

严明又问："刑部可有人来？"

张文文道："没有。"

"大理寺呢？"

"也没有。"

问完之后，严明只觉得脊背阵阵发凉。如此恶劣的案件，竟然仅由一个兵马司吏目和自己负责。这像是一场藏在黑暗深处的阴谋，严明已经碰到它的触角。

严明不再浪费时间，开门见山地问："到底死了几人？"严明此前收到的案情急报上只说吕宅躺着数具尸体，却并未详细说明具体几人。

张文文引着严明一边往宅门走一边说道："共十人，六男四女，分别是吕宅主人和他的两房夫人、两个儿子，剩下的都是家丁和婢女。"

严明眉头一锁，皱出一条深纹。自天启元年以来，北京内外城从未有哪次案件死过如此多的人，上一次这样的大案可追溯到万历年间。

严明一边环顾宅门四周，一边问道："这宅里在籍多少人？"

张文文跟在严明身后亦步亦趋道："共十人，六男四女。"

听及此，严明陡然震惊，立在原处。

吕宅十人，竟遭满门灭口！这是何等怨仇，竟要如此赶尽杀绝，
教人不寒而栗！更何况，对于大户人家而言，人口较多，要将这
一大家子一次性杀得干干净净谈何容易。凶手要么人多，要么武
功超群。严明一边想着，一边跨步进入吕宅大门，只见外院躺着
几具尸体，用白布盖着，四周落叶被鲜血染红，又被风卷得四处
乱飞。

此时，严明发现一件很奇怪的事情。他转过身，一直跟在他身后
的张文文直接撞上了他的胸口，"哎哟"一声。严明不管他，仔
细瞧了自己方才走进的那扇大门，再仰头环顾了一下院子，然后
问张文文："你不觉得院墙有些奇怪吗？"

张文文摸摸撞疼了的头，看了看四周院墙，没听懂严明的意思，
又转身见几个随行兵丁也是一脸茫然，看向严明道："回禀大
人，小人并未发觉不妥之处。"

严明叹了口气，懒得再跟他解释，独自向前走了几步，想了想又
回过头看着张文文，无奈道："高了点。"

听他如此说，张文文和几个兵丁仔细观察了吕宅院落，只见整个宅院宽阔明朗、方砖墁地，透过那垂花门窥得内院一角更是灌木葱茏、玉阶彤庭，甚是精致。似无不妥，不过是有钱人家的消遣罢了。而细细打量后，却见院墙确实高于寻常住宅，甚至与官邸之墙相差无多。

张文文揖手恭敬地对严明说道："这院墙确实高了些，有僭越之嫌。不过人都死了，也没法追究什么。"

严明看着张文文身后几位上了年纪的兵丁，再次叹气，无奈问道："你带的这些人里，可有年轻点儿的？呃，要年轻力壮、功夫不错的。"

张文文不明所以，不过还是毕恭毕敬地答道："倒是有两位，正在内院搬尸体。"

严明说道："让他们先停下来，去试试看能不能翻过院墙。"

张文文这才恍然大悟，赶忙去内院唤出两名年轻的兵丁，让他们试试看能不能翻过院墙。这两名兵丁起初还很有把握，各自朝着院墙纵身翻跃，却怎么也翻不过去。无奈之下，二人只得合力，使出了浑身解数，依旧徒然。

见此状，严明冷笑道："看来，凶手很可能是从大门正大光明地进来的。"

张文文对此极为赞同："大人说得有理，不如我们再去内院瞧瞧，兴许能发现别的什么线索。"

严明恍若未闻，非但没有同张文文一道去内院查验现场，反而一拔腿跑出了大门，绕着宅子看了一圈又一圈，一边看一边出神想着什么。

兵马司一众随行兵丁不知严明意欲何为，起初只是对他的古怪行为感到好奇，可等了好半晌，严明还在绕着宅子东看西看，丝毫没有去作案现场的意思，一个个便等得不耐烦了，对严明所为颇有微词，私下嘀嘀咕咕说了严明好些不是。

待到严明终于回去时，见张文文带着几个兵丁还留在原处等他，本不愿多做解释，可见张文文身后几人面露愠色，明显不耐烦，便耐着性子问他们："你们可曾想过，为何这吕宅院墙要修得如此之高？"

一个兵丁答道："吕宅经商，家里有不少银钱，应该是怕被贼人惦记吧。"

严明又问："这里可是内城，有几个贼人胆敢对这么个大户入室行窃？"

另一人打趣道："这不仅是入室行窃，还灭了满门。"

严明冰冷地再问道："你们可曾清点过宅子里还剩多少银钱？"

众人面面相觑，似乎都落了这一环，方才还打趣的兵丁说了声"我这就去清点"，便立刻往宅子里跑去。严明懒得管他，只对余下众人说道："如果我没猜错，应该剩下不少银钱，凶手分毫未取。而这院墙修得这么高，似乎这吕宅主人在当初修建时便知这一天早晚会来，防患于未然，但还是没防住啊。"

严明说罢，带着众人往宅里走去，见外院的几具尸体已被搬到内院，便继续往内院走去。刚进入垂花门，行至抄手游廊处，方才跑去清点银钱的那个兵丁抱着个大箱子从堂屋跑出来，见严明已经带着众人进来，便跑到严明跟前将箱子打开，只见白花花一片，在阳光下显得尤其耀眼，全是雪花银。

严明问他："这箱子在哪儿放着的？"

那人答道："家主床边。"

严明听后冷笑道："如此明面上的钱都没有动，定然和钱财无关。"说罢又突然想起什么，扭头问张文文："这吕家平日做何买卖？"

张文文道："药商。"

严明再次冷笑道："一个药商而已，将院墙修得这么高防贼，却还没防住，这道理委实说不通。要么是早有仇家，要么就是……还有其他见不得人的买卖。"

不待众人反应过来，严明便向内院深处走去，认真观察每具尸体。只见一个仵作从一人身上摸出一张纸，严明赶紧问道："这纸是什么？"

仵作答道："回大人，这现场所有死人衣服的胸口处都揣着这样一张纸，我们也不懂是什么意思。"

严明又问："纸上有什么？"

一个兵丁拿过纸摊开给严明看，只见上面工整地写着"谁"字。

竟之的声音出现在严明耳畔："谁？是谁？这张纸上为何会写个'谁'字？"

严明的目光从这些尸体上一一扫过，吩咐道："把所有的纸张都给我找出来。"

仵作应了声"是"，从每具尸体身上摸出纸条，由兵丁一一铺开在严明眼前。只见这十张纸条上写的字分别为：谁、手、宜、咸、想、到、知、坊、凶、是。

严明唇角浮现一丝诡笑，对众人点了点头，又蹲下身继续检查身前的十具尸体。从外表可见，这些人皆死于利刃，其中四名女子仅脖颈一处有刀痕，鲜血自脖颈处喷薄而出，将前胸染红大片，想必是被割喉，一刀毙命。其中五名男子全身则有两三处刀痕，四肢处的刀痕下可见白骨，同时这五人的脖颈处皆有一条寸许见深的刀痕，想来致命伤也是割喉。另有一名男子严明凑近细数，身上刀痕竟有八处之多，此人躯体上下多处受伤，甚至隐约可见皮囊之下被捅破的肺腑，而他的致命伤是从前胸刺破心脏。严明打开这人右手手掌，发现他虎口处有一层厚厚的茧子，分明是常年手握利器才会留下的痕迹。

张文文见严明似乎又在思索什么，便在一旁说道："这人以前是走镖的，在江南一带很有些名气，前些年被吕家招来看家护院，在这京城的护院里头颇有威望。坊间传言一些官家还想找他去呢，只是这人忠心耿耿，一直留在吕宅，哪儿也不去。我们刚到时，找来经常给吕宅送菜的王婆辨认了一遍尸体，确认死者都是吕宅人，没有凶手。"

张文文说完，严明点了点头，继续问仵作："这些人是什么时候死的？"

仵作答道："昨儿半夜至今晨。"

严明偏过头问兵丁："你们有没有问过邻居，可有谁听到些什么动静？"

兵丁答道："问过了，都睡得沉，没人见到外人，也没人听见什么动静。"

严明看了眼四周凌乱的血迹，一种不安之感油然而生。回想起自己来吕宅的路上听竟之说的那三种可能性，心里直打鼓，看来这案子绝非寻常。

众人见严明呆愣在原处，不言不语似在发怔，都围着他，一脸奇怪地喊"大人"，问他怎么了，而严明却恍若未闻，一门心思听竟之说道："现场有十名死者，若是一对一搏斗，那么至少需要十名凶手一次性潜入府中，而这十名凶手蜂拥而上，很难没什么动静。"

严明道："嗯。更何况，就算这十名凶手一同作案，想要一次性找到全部家眷也非易事。若非一对一击杀，则必会有人呼救。"

竟之冷笑道："这吕宅的院墙就算修得再高，也隔不断呼救声，离此处最近的住户不过是一墙之隔，况且还有个功夫了得的护院，与凶手有过一番激烈厮杀，若说完全没人听见动静实在难以置信。"

严明道："确实如此，我在家时就常被相隔老远的邻居夫妇的拌嘴声吵醒，吕宅四周有这么多邻居，要说完全没人听见动静，委实蹊跷。"

竟之戏谑道："莫非真如京城传言，此事乃鬼怪所为？"

严明冷声道："'子不语怪力乱神'，这事定然有人撒谎。"

众人并未听见严明与竟之的对话，只一个个急得团团转，以为这位锦衣卫大人被案情吓傻了，还在犹豫要不要差人去北镇抚司衙门通报一声，毕竟是锦衣卫的大人，当今圣上的臂膀，若真出了事，小小一个兵马司可担待不起。

严明与竟之说完话，突然见众人一齐瞪大了眼围着他看，自知方才犯了"心猿之症"，不好与旁人说，便沉着脸一言不发，径直起身开始搜查房间。

这宅子虽比不得官家府邸，但也着实不小。有北房五间，三正两耳，以抄手游廊连着东西厢房各三间，尸体和血迹主要集中在前院和后院内。如果案发时是在深夜，那么一定是有什么缘由将一家人全部集中在院落里，但包括女眷在内的众人皆是衣冠凌乱，像是着急起身无暇穿好，说明有一件颇为紧急的事情将他们全部催赶到了院内，这更加断定了严明方才的猜想——这十人知道会有大事发生，所以他们其实有充分的时间呼救。

查完院落之后，严明的心里已基本有了计较，转头问张文文："信呢？"

张文文自然明白严明问的是检举魏忠贤的信件，便从怀中掏出来递给严明。

只见信中如是写道：

想那一衆小人必將彈冠相慶

便有千結鬱於心中

余雖未身處廟堂之上

卻一心爲國

吾愧于天地死不足惜

惟願吾主

嚴懲國賊

余皆天下臣民遙叩聖上

余有一言懇諫聖上

今有國賊乃東廠都督魏忠賢

此人積惡如山陰險至極

不僅勞民之力刮民之膏

更是蒙蔽聖聽誅國敗政

余每念此常有切膚之痛

開國伊始未之有也

而余之舊友或死或亡

余六身染沈疴命在旦夕

读罢，严明便将信件放入怀里，又开始在屋舍忙碌起来，仔细端详着每一件物什。

严明将屋舍一间间排查后，并没有什么新的发现，却并不想离开，便又回到了最初的屋子准备从头再排查一遍。一直跟在严明左右的张文文甚是不解地问道："官爷，您这是在看什么？"

严明顾自继续排查，看也不看张文文，一脸冷淡地问道："如果是你，早知道将来有一天会有人来杀你，你会怎么做？"

张文文答道："如果是小人，也一定会把院墙修得高高的，像这吕宅一样。"

严明言辞冷淡，继续追问道："还有呢？"

"还有……"张文文面露难色，思索片刻道，"还有……哦，我明白了，既然这吕宅修了这么高的院墙，说明当家的主人谨小慎微，连院墙都修得这么高，必定还有个密室才对，至少会有个可以藏人的暗格。毕竟相较于修高墙，修暗格可少花不少银钱，还可做最后一道防护。"

严明抬头，带着几分诧异问道："你很聪明，怎么只是个吏目？"兵马司吏目品阶极低，压根儿算不上个官，且差事苦，月俸少，实在不是个好营生。严明问这话有两层意思，一是问他为什么没在兵马司谋个正经官职，二是问他为什么不另谋营生，偏要做这多劳少俸的苦营生。

张文文立刻听懂了严明话里的意思，有些不好意思地笑了笑，道："大人抬举了，小人只是个农户出身，能谋个吏目已经感激不尽了，哪敢往多了想。若非近年来吏政开明，小人怕是还在城外种地呢。"

听他这般说，严明心里面五味杂陈，没再继续说什么。

想这大明疆土上，这样的人还少吗？空有一身本事，却困于出身，无处施展。莫说张文文，就连自己，原本是个读书的料，不也因为出身的缘故做了锦衣卫吗？

严明第二遍排查完屋舍后，依旧没有找到密室，可仍不死心，站在院子里发呆。呆立许久，见着一物，突然咧开嘴笑了。原来这密室近在眼前，自己却一直没有留意。在这偌大的内院正中间有一口井，若是在江南地区，院落里有口井倒也正常，但这里是京城，极少会有人在自己家里打井。此处突兀地立着口井，必然另有玄机。

严明趴在井边看了一眼，只见这井极浅，约莫一人多深，且是口枯井，没半点水，于是便准备翻身下去探个究竟，谁知这前脚刚迈进去，后背便觉一股力道袭来，紧紧地将他抱住，使他动弹不得。接着，便听张文文哭丧道："大人，就算这案子目前没什么进展，您也别想不开呀！"

原来是张文文怕他想不开投井，自身后一把将他抱住了……

严明万般无奈，很是后悔自己方才对他的赞许，用眼神暗示他往井里看。

张文文趴在井边往里一看，便立刻明了，尴尬地松开了手，咧笑道："大人好眼力。"

严明懒得理睬，一个翻身便下了枯井。落地后随处一看，便见着一扇小木门，比自己矮了些许，大概与十来岁孩童身量一般。

见门上没有把手，严明随手一推，门便开了。

严明没料到这门一碰便开，以为门内会有什么暗器，吓得想要退后，奈何井中狭窄，退无可退，只得将双手护在胸前。

严明并没有等到料想中的暗器，反而见到门后立着个女子，睁大了眼睛惊恐地看着他。

严明吓得呆愣，只字难言，反倒是那女子先发出了一声惊呼："你是谁？"

枯井上方的张文文听到井底的动静，立刻看向井里问道："大人……"话还没问完，便见那小门里探出个女子的头来，吓得一惊，赶紧用手拍拍胸口缓解了惊吓，问道："这女子是谁？"

随着张文文这一通闹腾，严明也逐渐舒缓过来，定睛打量着小门里的女子。见她梳着双螺髻，身着素色纱裙，外罩浅绿丝绸褙子，虽是一身下人打扮，但生得极好。

女子似乎也被这俩人吓得不轻，立刻跪在地上，颤巍巍说道："奴婢是吕家的婢女。"

张文文听闻她的回话，立刻在枯井上头说道："胡说，吕家在籍十人全死了，你怎么可能是他家婢女？"

女子似乎更加害怕，怯懦说道："奴婢是吕家从朝鲜买来的婢女……"

此话一出，张文文便立刻明了，反倒是严明不清楚其中缘由，从朝鲜买来的婢女有何特殊之处？

严明仰头望向张文文，张文文眯眼一笑解释道："从太祖时期开始，朝鲜就给我朝进贡妃子和婢女，渐渐地民间也有了买朝鲜婢女的风气，尤其是那些个大的官宦商贾人家更是跟风。不过大多数朝鲜婢女出身不干净，许多买主便不会给从朝鲜买来的婢女入籍，反正大多数婢女一生几乎不出门，多一个，少一个，外人也无从知晓。"

严明点点头，语气稍微放得缓和些问道："你叫什么名字？为什么出现在这里？"

女子继续低头跪在地上，自始未曾抬头，看起来颇有家教。

她唯唯诺诺道："家主给奴婢起名吕昭。昨日深夜，奴婢正在屋舍里做针线活，突然听见外头有厮杀声，跑出来一看，却见家主一家已经被人杀害。奴婢慌不择路，想起这井里有个暗室，情急之下便直接翻了下来。而后因为实在太困，一直睡到了现在。"

严明问："无人发现你？"

吕昭身份可疑

吕昭答道："无人发现。"

严明继续问："这密室里有什么？"

吕昭依旧跪在地上，头也不敢抬地回道："空的。"

严明疑惑："嗯？空的？"

吕昭这时才微微起身，往后退了一步，以方便严明进去。严明稍显犹豫，不知里头是否安全，但转念一想，似乎没有更好的选择，来都来了，不如进去看看，便弯腰钻进了那扇小门。张文文见严明钻进小门，不自觉将右手放在了刀柄上，以防严明遭遇不测。

严明进去后发现，里头竟有微弱光亮，仔细一瞧，原来是角落里点着盏油灯。这光亮虽弱，好歹能看清密室轮廓，果真如吕昭所说，空无一物。只是北面墙下立着一排柜子，在这空荡荡的密室里显得尤为突兀，严明用手推了推柜子，竟推落一手的漆料，看来不是什么好木材。在这一排最是寻常不过的柜子上，唯独特殊的是柜子上头的那一排字，写着：一万、二万、三万、四万、五万。严明笑说："你们家主是不是特别贪财，连柜门的记号都要用钱来做。"

吕昭再次躬身，唯诺道："奴婢不敢妄评家主。"

这一细微动作和回答使严明相信她很有可能真是吕家婢女，那每句回话前必躬身的礼仪仿佛已成为她的本能，哪怕家主已遭人杀害，却仍旧对家主恭敬有加，不敢妄评一句。

严明拉开柜门，见里头除了纸张再无其他。而这些纸上，偶尔会看见那么几张写着几个字，看起来像是练字时的随笔。这门内光线实在昏暗，严明不打算再自己查看，便决定先上去再说，于是弯腰出了小门。

张文文见严明总算从小门出来，松了口气，趴在地上将一只手伸进枯井，冲严明大喊："大人，我拉您，您快些上来吧。"

待严明上来后，张文文又将吕昭拉了上来。枯井中的二人总算到了地面上，眼前骤然天光大亮，严明再次细细打量起吕昭，见她一身素裙青褙，与其他死去的婢女无异，那纱裙与丝绸褙子的质地倒是极好，想来吕家待她不错。一抹斜阳照在她的脸上，使她原本白皙的脸庞染上一抹红晕。她本就较一般婢女清丽许多，怯生生抬眼时，一双柔情目更添了几分姿色。

严明扫了眼四周，确定入眼处皆已仔细排查过，料想今日难再有更多收获，便吩咐张文文："把下面柜子里的东西都拿上来，尤其是那些有字的纸条，全部运到北镇抚司去。"

说罢他转身正打算离去，却被吕昭叫住："大人，我家是否还有活口？"

严明冷淡答道："没有。"

吕昭似乎早已猜到是这回答，因此并未显得十分震惊，只是泪水忍不住地自眼角涌出，她怕人看见，赶忙伸手拭去，继续问严明："敢问是不是这位官爷负责这个案子？"

严明依旧面无表情道："是。"

吕昭立刻跪地恳求道："请官爷带上奴婢，奴婢想知道究竟是谁害了我家主人。"

严明迟疑片刻，终是没有再说一句话，径直出了大门，留下一个摸不着头脑的张文文和一个跪在地上的年轻女子。

张文文觉得空气似乎有些凝滞，氛围似乎有点尴尬，于是开口劝解道："姑娘你先起来吧，有什么事咱们从长计议，你这么跪着也不是办法。"

吕昭非但没听他的话起来，反而朝着严明离开的方向将头重重磕下。而这一切，严明却没有看到。

严明走出吕宅后不久，陡然看见一个小孩在门边玩，吓了一跳。可这小孩看起来不过五六岁，严明想着，一个孩子哪知道什么是凶杀案、什么是鬼神之力。不由得暗自哂笑自己太过多疑，不如加快脚步回府衙继续看今早未看完的那本书。

一个转身，严明似乎瞥到什么非同寻常的东西，立刻奔向门边玩耍的小孩。

小孩玩的是马吊牌。

我找到了一底。

这是近些年京城时兴的一种玩意儿，几个人闲时可以拿来玩一玩打发时间，牌面上绘有水浒人物*。

让严明奔向这里的并非马吊牌，马吊牌在京城早已不是什么稀罕物件儿，小孩贪玩偷拿了大人的马吊牌也不是没有可能。突然吸引严明注意的，是马吊牌上那一圈红色印记。

严明蹲下身问小孩："这些牌从哪里得来的？"

小孩玩得正尽兴，头也不抬地嘟哝着说道："那边。"说罢扭头指了个地方，顺着他的小手指看过去，正是吕宅院墙的侧面。

严明继续问："什么时候发现的？"

小孩继续低头玩马吊牌，似乎并不关心严明是谁，问这些要做什么，但还是乖乖回答："一早。"

---

* 传统马吊牌在流传过程中逐渐消失，我在书里改写为现在农村地区依然在玩的长牌，规则和传统马吊牌相似，只是牌面上的数字发生了变化。

严明耐着性子对小孩说："可以把你的马吊牌借我看一下吗？"

小孩将马吊牌递给严明，他在这堆牌里找了一番，发现有红色印记的牌是李逵牌。严明将这张牌用手仔细摸了摸，又放在鼻子下闻，确定这牌面上的确实是血迹。严明突然想到了什么，立刻起身跑回了吕宅。

彼时，吕昭还在院子里跪着，立在一旁的张文文走也不是，跟着一起跪也不是，只好在旁劝说吕昭起来。两人一跪一站，突然见着严明跑回了院子，张文文还没来得及问他，便见他快步跑到井边，一个翻身又跳了下去。

再次进入密室后，严明打开了一扇柜门，发现其间纸张虽多，有文字的却只有一张。他拿着这张纸跑出小门，借着从井口投下的光看清了纸上的字，只见是一首七言绝句：

嚴城萬里擁貔貅
肅穆群臣俎豆長
未盡平生豪俠氣
死心長在白雲頭

看完诗的瞬间，严明只觉得脑子里仿佛炸了一颗雷，炸得他眼花缭乱、头晕目眩，一身热血直冲云霄，而他的外表依旧冷如寒冬，似数九寒天里京城灰墙青瓦上覆盖的冰霜，似一块亘古不变无心无情的坚硬顽石。

他一直呆愣着，面无神情，直到张文文将他从井底拉上来，也没有说一个字。

张文文见他突然回来，原本有满腹疑惑想要问个究竟，却见他牙关紧闭毫无吐露半个字的意思，也就没有自讨没趣，目送他起身离开。

严明路过吕昭身边时，却停住了脚步，他的眼神向着前方，低声问了句："你会骑马吗？"

吕昭略有些惊讶，恭敬答道："小时候在朝鲜学过。"

严明依旧面无表情，冷淡地吐出三个字："跟我走。"说罢大步向院外走去。

吕昭难掩欣喜，立即起身跟了上去，留下一头雾水的张文文一脸震惊地望着二人离去的背影。

出了院门，严明将自己的马匹解开后，又胡乱解了一匹马的缰

绳，也不知是谁的马，只管解就是。而后他将自己那匹马的缰绳
递给吕昭，道："我的马训练得好些，你来骑。"

严明说罢就上了马，吕昭也跟着上了马，然后问严明："大人，
我们要去哪儿？"

严明笑了笑，没说话。

要找到下一章的位置。

阜财坊

询问价格的三天后，我收到这样的回复：

您好，由于这本书极其稀缺，定价偏高，959元，不知道您是否能接受？
并且小店偏远，不能发快递，需要您亲自上门取书。

日影渐长，天光正好。

街道之上，两匹健硕的马儿并辔而行，行得极轻、极缓。那马儿似乎懂得主人的心思，连路上的泥泞都舍不得踏起太多。

在过往的二十八年里，严明从未有过如此体会。此前，他只觉得行路无比乏味枯燥，无论去哪儿，总是匆匆而去，再匆匆而归，哪肯在路上多停留片刻。而今日却与往日不同，街道上既无杂耍也无逗乐，却平白生出几分趣味来。

严明与吕昭二人之间丝丝缕缕的寒气渐消，竟有些回春的暖意，冰块儿脸稍许融化，浮现出一丝难以察觉的笑容。

不消多说，这春意来自身侧的女子。严明偷瞄了吕昭一眼，见她脸色苍白，眉心微蹙，约莫是在方才那番打斗里受的伤还未痊愈，想起她为自己挨的那一脚，心间顿生怜惜，想对吕昭说几句可心的话，怎奈舌头打结，无论如何也说不出口。千言万语在腹内百转千回，到了嘴边，却只剩结结巴巴的一句："你……还好吗？……要不你先回去歇歇，我这儿目前也没什么要紧事。"

以现在的电商物流的发达程度来说，这样的要求未免太过原始，他显然不是普通的二手书商。我心里打鼓，虽不知对方是敌是友，但这是我目前唯一能抓住的线索了。

吕昭看向严明，眼中带着些许诧异。这关怀来得太过突然，仿佛在千里冰封的雪国陡然生起一簇篝火，实在与昨日的他大相径庭。

"大人，我还好……"吕昭本想拒绝，话未说完却又忽然想起来什么，迟疑道："我……我确实应该回吕宅一趟，家中丧事也需要我去处理。家主虽有几位远房亲戚，可都不在京城，过来也还要些时日。"

"嗯。"严明点了点头，没再多说什么。

二人再次相对无言……行至岔路口，吕昭便走向了回吕宅的那条道。严明下意识看向吕昭离去的背影，见她瘦削的身影消失在拐角处，这才收回了眼，暗自一笑。约莫笑的是自己吧，方才吕昭那一番"美救英雄"，竟撼动了严明这颗铁石之心。

或许此心非石，本有千转柔肠，却不为旁人所知罢了。

马蹄声"嗒嗒"踏过，严明心内却如蛛丝结网，乱得一团糟。

已经第二天了，
还是没有收到店铺发来的地址信息。

竟之的声音又从心房升至耳畔："这两日在追查吕宅的案子时，所遇之事太过蹊跷。"

严明问："怎么说？"

竟之沉了沉嗓子，声音较平时冷了几分，说道："一切的线索来得太过及时，太过凑巧。"

严明思忖片刻，疑惑重重道："是了，这两日所遇之事确实太过凑巧了些，吕宅的密室、玩马吊的孩子、咸宜坊的药铺、积庆坊给我药材和信件的老板……桩桩件件，都出现得太过凑巧，都不用我自己出手搜寻，那些线索就自个儿送到我手上来了，仿佛这背后有什么人或者是某种力量在操控一般。这会不会是一个圈套，就等着我往里头跳？"

"圈套？"竟之道，"若'我'是个王子皇孙或是什么达官显贵，甚或是个家财万贯的商旅，倒还有个可图之处。可'我'不过是个小小的锦衣总旗，本就孑然一身，若真有人设个圈套等'我'来跳，又有何可图呢？"

第三天，
是不是上一条回复中有什么我忽略的东西？

严明道："确实，可若是无甚可图，为何要引我一步步查到此处呢？还有田尔耕大人为什么会选我来查这个案子？这之间又有什么联系？"

竟之道："这中间的关系错综复杂得很，背后的某种力量似乎是想借着吕宅的案子引'我'去发现什么别的事情。可如果真是这样，为什么会选择'我'？锦衣卫里比'我'名声好的比比皆是，毕竟在众人看来，'我'只是个成事不足、败事有余的破落户罢了。"

严明道："还有方才对我动手的那三个人，又会是谁派来的？那三人与那股神秘力量是不是同伙，田尔耕大人在这里头又扮演了什么角色？"

竟之道："既然背后那股力量有意引'我'来查某件事，先莫要管对方的意图是什么，只顺着其给的这条线索查下去，查到最后总能看出对方的目的。只是，对方的这张网织得好像有些大……"

论及此处，严明心头疑云更甚，无论如何也捉摸不透，一边走一

第四天，
没有消息。

边与竟之说话，他们的对话并未让其他人听见，街上行过之人只当他是个在大街上骑着高头大马招摇过市的浪荡子。

不知不觉，严明已到阜财坊。下马后，严明不知该去往何处，便拉着马在街上闲逛。街上行人不多，偶见一小贩扛着糖葫芦自身侧经过，不觉心头一动，想着吕昭兴许爱吃，便准备唤住小贩买上几串。

谁料他还未开口，那扛着糖葫芦的小贩好似见鬼般，哆哆嗦嗦往后退了几步，惊呼一声转身就跑，糖葫芦抖落一地也不去捡起。

一股杀气自身后袭来，严明缓缓转身，见身后立着七八个黑衣人，个个身材魁梧，手持弯刀，面裹黑巾，如地狱深处的影魅，来得如此猝不及防。这还不够，影魅还在增加！不知他们藏身何处，一个个从不同方向跳出，快如离弦之箭，从街心一闪而过，会聚一处，吓得街上为数不多的人一哄而散，只留下严明与他们孤影对峙。

严明默然看着身前这一群黑影，少说也有二三十人。他脸上挂着

"镇定自若"四个字，心里却在翻江倒海。今日真是出门不利，竟连遭两次截杀！自己好歹是个锦衣卫，这些人究竟有何来历，居然敢如此明目张胆地截杀锦衣卫？

这些人杀气凛然，二三十柄弯刀在日头下闪着冷冽的光。生死攸关之时，能拖一时是一时。方才有民众逃脱，必有消息传出去，想必兵马司的人很快就能到。严明暗自舒了口气，想借着自己锦衣卫的身份与他们周旋片刻，于是故作镇定，冷着脸道："尔等究竟是何人？好大的胆子，竟敢当街行刺锦衣卫！"

谁料这些人根本不听他言语，一个个举着弯刀，不由分说地向他冲来。

只听得哐当一声。

那些冲过来的黑衣人突然停下脚步，面面相觑起来。

原来，是严明情急之下想拔刀相抗，竟用力过猛，一个不小心将林天保给他的绣春刀丢了出去！

当我再次登录二手书网站时，发现店铺已注销。看来我还是来晚了，或者说无论晚早，我们都不过是瓮中之鳖，在张大网下动弹不得。如果结局已定，我不妨拼死一搏，至少死得清楚明白。

严明暗想："完了，小命休矣。"

谁料那些蒙面人并未再次扑上来，以为严明这厢使的哪门子独门绝技，一个个踌躇起来，不敢向前。

严明见此，立刻转身欲逃，一个翻身跃上马背！

谁料马儿在刀光前受惊，前蹄直立，将严明从背上甩了下来……

严明想着："完了，看来小命真得交待在这儿了。不知吕昭那丫头到了吕宅没有？我死后谁来查杀害她家主人的凶手呢？哎，要是林天保再次出现就好了。"

刀光步步逼近，严明无奈地闭上双眼。闭眼稍许，并无痛感，弯刀竟未如预想中那样砍在自己身上。

"还能站起来吗？不能的话，就换个安全的地方躺着去！"

一个熟悉的声音在耳边响起，林天保竟真的出现了！

这个店主发布出售信息，可能也是垂死挣扎吧，
"定价9b9元"暗示国际求救信号，
"191519"即"SOS"。
还有上门取货，有心人不难发现其中的蹊跷。

严明睁开双眼，见林天保以一敌五，一柄绣春刀架着五柄弯刀。严明全身一个激灵，想从地上爬起，奈何方才摔得太重，只得一手扶腰一手拄地缓缓从地上撑起。

林天保双脚使力蹬向半空，将五柄弯刀甩开，在空中一个旋身，绣春刀锋刃过处，卸下了五条黑胳膊！

严明这才定了心魂，见林天保此次出行还带着十几名锦衣卫。自己方才还是被围剿之势，孰料此刻竟反过来了。那二三十名黑衣人虽凶悍异常，但锦衣卫更是以一敌十。不一时，黑衣人竟反被锦衣卫围困住。

林天保苦笑道："方才真不该跟你分开，没想到这么快又遇上了。"见严明想开口跟他解释什么，林天保赶紧打断："别的话一会儿再说，等我先处理了这帮人！"说罢又举着绣春刀，冲到了厮杀人群里。

林天保腾空而起，直将绣春刀劈向一人的后颈，一股鲜血喷向他黑色的锦服，隐匿在黑色里。

绣春刀与弯刀相碰，擦出骇人的火花。十几名锦衣卫与二十几名黑衣人时而对峙，时而厮杀，劈砍处血浆喷洒，刺撩处骨肉崩裂，街道之上烟尘四起，刀锋盈满街市，掀起一阵腥涩的风。林天保像一位天资卓然的将领，举刀而战，在黑影中一片横扫，众锦衣卫如将军旗下的士兵，在将军的带领下有条不紊地与敌军厮杀。

在这仓皇时节，严明竟有'闲情'与竟之闲谈："这些都是什么人？为何想置我于死地？"

竟之冷声道："这些人武功路数极其诡异，一般人豢养不起这么多杀手，且各个身手不错，他们背后的势力不可小觑。"

严明问："可究竟是什么人会对我这样一个无名小卒痛下杀手呢？更何况，杀我哪里用得着这么多人？"

竟之道："也是，随便找个宰牛的就能杀了'我'，实在没必要这般大动干戈，如今招来救援，平白多生了枝节。"

严明道：“林天保为何会出现得这般及时？他那边的案子看起来也棘手得紧，为何在我遇见危险时都能出手相救？”

竟之道：“他这回带的人手不少，想来是有重要线索要去处理。这些刺杀'我'的人似乎早料到会有人来救'我'，所以才来了这么一大批人拿着刀截住'我'的去路。”

严明不寒而栗：“究竟是与我有何种深仇大恨，竟下如此狠手，非要置我于死地？”

竟之冷笑：“现在看来，他们更像是在自掘坟墓。”

不一时，街道上倒下二十来具尸体，全是黑衣人的。

余下十人皆被锦衣卫制伏，每人脖颈上架着一把绣春刀。

林天保收了绣春刀，正待开口审问，谁料这十人互相看了一眼，自知难逃，竟齐齐将脖颈抹向绣春刀。鲜血自刀锋滴落，十人尽皆殒命。

全是死士！

林天保与严明对视一眼，二人沉默不语，默契地将黑衣人的蒙面布扯下，一具一具仔细查看。

待查看完后，林天保走向严明，说道："确认没有活口。"

严明道："也没有熟脸。"

二人一脸疑惑地看着彼此，僵持片刻后，林天保先开口道："刚才一跟你分开，我就收到消息，说此处有一个东林党意图谋害魏公的窝点，我便带了人过来瞧瞧。谁料我刚到就看见你。"

严明一时语塞不知做何解释，只得尴尬答道："我也是跟着线索来到这儿的。"

林天保疑惑道："线索？什么线索？"等了稍许，见严明支支吾吾面露难色，似乎不愿回答他，看了看严明身后，空空如也再无他人，便又问道："那女子呢？她怎么没在你身边，去哪儿了？"

严明这次倒毫不避讳地答道："回去处理家中丧事了。"

林天保定定地看着严明道："这女子避过一场杀身之祸啊……"
停顿片刻，见严明面无表情，便继续说道："你不觉得，这有些
太巧了吗？"

严明道："辰时的那场行刺吕昭不也在场？她还出手救了我。何
况，方才是我让她回去的。"

林天保被严明这没来由的一句话逗笑："想什么呢？我又不是说
她，你怎么满脑子都是她啊？"

严明脑海里忽然一阵轰鸣，脸颊发烫，没有回他。

林天保接着说道："我是说我和你，为什么我们两个会有一样的
路线？"

严明这才回了神，假装不显山、不露水地说道："这点我方才也想过。或许，这两个案子之间有关联，毕竟都和魏公有关。"

林天保点点头，略微思索后继续说道："关于你那边的线索我可以不问，至于我这边的线索，暂时也不会告诉你，大家各司其职，多问反而对彼此不好。不过既然目前可以确认两个案子之间有些关联，以防再次遇上意外，你还是跟我一同前往我要去的地方看看吧。"

严明点头道："嗯。"

林天保从地上捡起方才被严明扔掉的绣春刀，再次递给他道："刀还是给你，去的那儿兴许也不太平，遇到危险保命要紧，即刻就跑，只是别再把刀扔了就好。"

林天保将自己的绣春刀给了严明，而自己却用着方才不知从哪位小旗那儿借来的刀。严明心知林天保待自己的好，但还是拧着头冷冷道："不消你说，遇着危险我肯定第一个跑。"

林天保摇头笑了笑，正待要再说些什么，见不远处跑来几个兵马司的人。

那青绿粽子林政见着这帮来人，一张百户的脸愣是摆出了个指挥使的谱，啐道："哟，这帮孬货可总算来了。"继而看向严明，调笑道："严总旗可是个手不能提肩不能扛的主儿，娇贵得紧，若是等他们来救，怕是早被人大卸八块儿了吧。"

林天保喝道："你这会子倒是牙尖嘴利，方才杀敌的时候，怎不见你冲在前头？"

林政这厢在林天保处受了气，却又不敢顶撞他，只悻悻地捏了捏自己肥厚的手掌，一扭头走向那几个兵马司差吏。

那几个兵马司小吏何曾见过这般阵仗，看着十几名锦衣卫和一地的尸体，一个个吓得哆哆嗦嗦不敢说话。

那为首吏目依旧是张文文，心惊胆战地将满地尸体看了一圈儿，确定死的这些人全是一身黑衣装扮，衣裳质地如出一辙，并无其他衣裳混入其中，想来没有锦衣卫殉职，拍了拍胸脯镇定下来，这才挤出一抹谄媚的笑。他除了严明谁也不认得，可想着严明在锦衣卫里头只是个总旗，断然无法带着这么多人出来办案，看这架势，倒是千户出门的阵仗，于是两个眼珠子骨碌碌转了会儿，将这群锦衣卫挨个儿扫了一圈，见那身着青衣之人从头到脚一身富态，摆的那官谱儿与自己平日里在话本子里头见的无异，于是跑到林政身前，卑躬屈膝道："大人恕罪，卑职来迟了。"

林政冷着脸，高昂了头，不客气地承了他这一声"大人"，在林天保那儿受的气一股脑儿撒给了他："你们兵马司是干什么吃的，怎么这么晚才来？要是出了什么意外，你们这些饭桶担待得起吗！"

张文文赶忙赔礼道歉："我等都是些四体不勤的杂碎，在路上耽搁了些时辰，请大人千万开恩。"

林政见他毕恭毕敬，对自己点头哈腰，甚是受用，方才受的那一通火总算发泄出来了，也懒得再为难他，对他吩咐道："带你的人把这儿清理干净，尸体一个都不要落下，全部运回去。剩下的不要多说，也不要多问。"

那吏目恭敬道："是是是……卑职明白。"

对于林政的作威作福，林天保只能视而不见，偏头看向别处。这林政身无长处却能身居百户，全凭他出身有些背景，只要他不伤及严明，林天保鲜少与他不对付。

这会儿，林天保见林政将事情都交代妥当，便示意一行人上马，继续前往目的地。

严明没有即刻跟上林天保，而是顺着队伍跟在锦衣卫后头。那走在队尾的小旗见林天保与严明相距甚远，忍不住扭头对严明说道："严总旗，一会子到了地方，若是打斗起来，您可千万保护好自己。我们可没那能耐护着您，您要是有个什么三长两短的，林千户到时候问罪，我们可担待不起。"

而后又一小旗打趣道："是啊严总旗，为了我们，您可得好好护着自己，莫要磕着碰着了。"

严明懒得搭理他们，倒是林天保，似乎听见队伍后头的议论声，拉了缰绳，扭头冷着脸看了眼后头，余者再不敢言。

去往的地方倒不远，过了拐角，再行片刻便到了。

这是一座相当气派的宅院，占地与吕宅相差无几，虽不如吕宅院墙修得高，但雕梁画栋一样不少，屋脊兽甚为讲究，就连那大门之上的铜环都做得别样精致。在京城，也只有家资雄厚的大户人家才能买得起这般气派的宅子。

不过，气派归气派，倒也甚是破败。雕梁已朽，画栋已残。往日恢宏不再，仅留了些断壁残垣。只见那院墙脚下荒草丛生，墙体历经凄风苦雨早已被腐朽得坑坑洼洼，屋顶之上瓦片残缺，梁间燕子筑窝鸟屎遍地。就这情形，莫说是大户人家，就连那乞丐都嫌它漏雨不肯将就。

一个小旗将这宅子上上下下看了几番，狐疑道："林千户，这里看着不像是有人住过呀。您确定是这儿？"

林天保虽也觉得奇怪，但还是跟身后众人道："先进去看看。"
说罢摆了摆手，率先下了马。

众人见林天保下了马背，便也跟着下马，拔出绣春刀挡在身前以
防不测。

不待林天保吩咐，已有三四名小旗自发跑向宅子两侧，检查这座
宅院是否还有其他入口。

众人跟在林天保身后，安静地候在门口，只等林天保一声令下，
便提刀冲进去。林天保站在最前面，一脚将大门踹开，身后锦衣
卫一拥而上冲了进去，严明也跟在众人身后进了宅院。

宅子里头和外头的光景并无不同，依旧破败得紧。地上积土
如山，梁间蛛网肆虐。杂草钻出了青石板，将地面割裂出道
道伤痕。

林天保四下看了看，吩咐身后众人去内院找找。待外院只剩他与
严明二人时，低声问道："你怎么看？"

严明道："不像是有人住的样子。不过，如果这儿原本就是个破院子，稍微修饰一下也是可以做成这样的。所以，究竟如何，尚不好说。"

林天保点点头继续问道："方才那群蒙面人你怎么看？"

严明立即明了，道："你的意思是，刚才那群蒙面人可能不是冲着我来的，而是你们？"

林天保道："有这可能。如果那群人直接冲着我们来，我定会意识到和我要来这里有关，定会加紧脚步赶来，不会有片刻耽搁。可如果他们冲着你去，反而转移了我的注意力，耽搁了更多来这儿的时间。"

严明道："有道理，且那群人怕你们看不到，还特意选在了闹市区，制造混乱，故意引起你们注意。"

林天保道："确实如此。不过，如今我们无论说什么，都只是猜测，虽然看似说得通，但却并没有真凭实据。"

二人聊着聊着，方才去四周打探消息的锦衣卫小旗回来一人，跑向林天保，道："林千户，属下在宅子四周未发现任何人，也未发现有人生活过的痕迹，看起来，这儿确实是个空宅。守在其他两个门的人也没发现有人跑出去。"

林天保点点头，命令道："一会儿问问周围的邻居，这户到底有没有人居住。此外，这院落里可有什么古怪的地方？"

这小旗想了片刻说道："别的还好，就是一面墙上写满了特别奇怪的诗。"

林天保追问道："怎么个奇怪法？"

小旗道："这卑职也说不清楚，您过去一看便知。"

林天保道："好，你且带路。"

林天保和严明跟着小旗到了一间偏房，果然在内侧的一面墙上，看到一些用黑墨写的诗句：

三更●冷将軍墓
萬灶烟沉壯士營
塞曲鼓聲人盡淚
蕭蕭遙馬皆悲鳴

慷慨同仇●
聞鼙百戰時
功高明主眷
心苦後人知

典修文治追唐室
驅拓軍功賽漢廷
偉略雄才千古帝
昌平皓月●長陵

那小旗将他二人带到此处后便退了出去，准备找街坊邻居问问林天保方才交代的事。林天保走过去，伸手摸了一下墙面。严明见他神色有异，也走过去仔细看了看墙上的字，二人对视一眼，林天保说道："还有些潮湿，应该是写了没多久。"

严明点点头，补充道："这地方确实有问题。"

"来人。"林天保对外头唤道。

一个总旗出现在门口，林天保说道："吩咐下去，叫他们挨个儿搜查屋子，看看有没有和这儿类似的线索或者痕迹。"

那总旗应了声"是"退了出去。

"千户大人，"方才出去打探消息的小旗跑了回来，对林天保说道，"属下方才问过街坊四邻了，都说这儿从来没人住过，也从来没人进来过。"

林天保不甘心道："去找兵马司和夜间打更人再问一下。"

那小旗应了声"是"，便又跑了出去。

林天保心里似压着一块巨石，眉头皱了皱，目光越发深沉。

严明见他如此神色，犹豫了片刻，在腹内措辞一番，而后说道："这儿要么是真没人住，要么就是有人手眼通天，买通了周围的邻居。"

此言一出，严明不觉打了个冷战。他想起昨日在吕宅的情形，周围邻居也说什么都不知道。倘若真有人能让京城民众一齐闭口不言，这人的势力令人难以想象。

而后又一小旗跑来，在门口对林天保说道："千户大人，宅子里未发现其他异常。"

林天保仅"嗯"了一声，皱着眉头不再多言。严明趁这光景捋了捋思路，这一切都太过无常却又过于碰巧，仿佛有一张无形大网笼罩在自己头顶，却又有另一只手在引导自己寻找些什么。这两日发生的事情太过诡异，许多地方难以解释。正思索间，他听见林天保问："边关战事你怎么看？"*

"停驻在山海关的熊廷弼，当年圣上原意是让他去守辽西，为何最后却只在山海关驻军？那守在广宁的王化贞为何容不得熊廷弼，王化贞又是谁的门生，与谁往来甚密，众人皆知。"

"止步不前，纸上谈兵，向来是他们那些人的做派。嘴上说的是鞠躬尽瘁，实际呢？大军还没到，就自己先大开城门逃命去了。圣上早就看出这些文官的腌臜事，才让魏公担任秉笔太监，设立监军，就是想把军权掌控在自己手里，不能再让这些文官在军中作威作福。"

"阅人无数的努尔哈赤想必也没料到大明有这样软骨头的将领。"严明轻笑一声，接着说道，"可如今辽西已失，山海关是大明最后的屏障。如果连山海关都失守，大明就真的危险了。"

---

* 我最近的生活遇到了很大的变故，这些变故全都写在下面这六段里，希望每个人都能读懂。

"读书人带什么兵？一个个手不能提肩不能扛，遇着生死攸关的事就被吓得尿了裤子，还真以为读几本兵书就能成将军！"

"危墙之下自然不能立着这些'君子'，如若他们真的在战场上伤了或死了，怕是文人笔墨该淹死一众将领了。不过，也不能单凭这就说天下所有读书人的不是。毕竟这世间也还有些心怀正义的读书人时时想着为家国做些事。"

"险些把你给得罪了，"林天保笑道，"我说的只是那些个尸位素餐却又陷害他人之人。你想想辽东、辽西失守的事，想想那两次策反……"

二人再无言语，世间陡然安静。

一个小旗的脚步声打破了寂静。

方才出去打探消息的小旗立在门口对林天保说道："千户大人，更夫和兵马司吏目全问过了，都说没见过这宅子住过什么人。有个更夫说他来这儿打更十年，从未见过有人进过这院子。"

听到这话，林天保无奈地笑了笑，对严明说道："看来，咱们的对手着实不简单啊。"

这时，林政从不远处走过来，听林天保如此说，一时心痒想要卖弄几分，忍不住说道："大人，要不咱们抓个周围的邻居审问一番如何？反正咱们抓了就抓了，也无人敢过问。"

林天保摇头道："他们既然有那能耐让左右邻居乃至兵马司的人都认定这儿没人住过，想必势力不会小于锦衣卫。咱们今日抓了人回去审问，兴许还会遇上什么别的麻烦，保不齐抓的人直接被人截杀在半道上。"

林政问："那可怎么办？"

林天保忽然笑道："顺其自然吧。叫他们都回去吧，今日就到这里了。"

林政觉得自己一身英明才智被埋没了，一脸不满地去替林天保传话，走时还不忘拽着门口的小旗随自己一道离开。

以严明对林天保的了解，他这句"顺其自然"不过是说给手下人听的，他本人绝不是个能顺其自然的人。只是目前形势所迫，不得不暂时收手罢了。

二人最后将现场查看了一番，确定再也找不出任何线索了才决定离开。

行至大门口，林天保问严明："你之后有何打算？你手里是不是还有什么别的线索？"

严明点头道："嗯，不过暂时不能告诉你。"

这话若是说给锦衣卫里的其他人，严明早被骂得体无完肤或被打得满地找牙，但唯独在林天保面前，他毫发无损。

林天保不仅没生气，反而笑道："没事。要不我还是再派两个人跟着你，万一再有人行刺，也能护着你。"

严明拒绝道："无妨，连着两次失败，想来应该不会有第三次了。否则，动静太大，他们自己也不好收场。"

严明嘴上逞英雄，心里却直打战。可想想自己要查的事实在不便让他人知晓，也只能这样搪塞过去了。

林天保凝视他片刻，欲言又止，却又终究什么都没说，带着一行人策马离开。

严明心里一阵苦笑，也上了马，去往自己该去的地方。

今天去国家博物馆转了一下，
偶然遇到了一个聊得很投缘的人，
临走时他说给我一个礼物。
到家后不久我就收到一个空快递，
除了快递单以外什么都没有。

南居賢坊

现在外面的雨声很大，丝毫没有停止的意思。
我幸运地赶在被浇透前，
找到了一个可以避雨的山洞。
好在一直小心揣着这本书，它没有被淋湿。

此夜无月，人间寂静。

待严明与吕昭行至南居贤坊时，夜已深沉。街市少人，除了道旁躺着几个已经睡着的乞儿和匆匆行过的几辆归家马车外，再无他人。吕昭紧跟在严明身后，缩着肩膀，眼中隐隐透着对黑夜的恐惧。

严明提着绣春刀走在前头一言不发，还是吕昭先开口打破了沉默："大人，之前的那些人，后来又回来找过您吗？"

严明答道："你说的是刺杀我的那些人？你离开后，确实又有另外一些人追杀过我。不过，根据他们的功夫和做派，可以确定和之前那三人不是同一伙人。"

吕昭焦虑地问道："你有没有事？没受伤吧？"问完后又觉得自己这话问得实在多余，严明现在活脱脱一个人站在自己面前，能说能走，能蹦能跳，横看竖看也不像个受了伤的人。这出于本能的一句关心，使吕昭不由得低下了头。

趁着哪儿也去不了，
我应该好好想想下一步的方向，
有所行动总比坐以待毙强。

严明二十余年不近女色，哪能注意到吕昭此刻脸上漾起的反常红
晕，也不觉得吕昭问的这句话有何不妥之处，头也不回地答道：
"没事，林天保及时出现救了我。"

吕昭惊道："又是他？"

严明答道："嗯。"扭头看到吕昭眼中的疑惑，遂又补充道：
"这次他是恰巧碰到了，没有跟踪我。"

吕昭正待追问，见他如此说，便觉不便再过问此事，于是转而问
道："大人，我们现在去哪儿？"

严明道："不知，先找找看。"

吕昭继续问道："找什么啊？"

严明像只无头苍蝇在黑夜里四处查看，被她问得不耐烦，冷冷
道："不知。"

那天雨晴后，树林里的光线很弱，我在傍晚的时候凭着记忆找到了山北面的小镇。身上还有点钱，吃了碗面充饥，店里的人看我的眼神有点古怪，大概是我的样子实在旅狈。

吕昭被他搞得一头雾水，而严明自己则是一脑门子官司，暗自骂道："为什么每次给的线索都只是个大概，这北京城每个坊都不小，若一直像现在这般毫无根据、毫无目的地找，究竟要找到什么时候？"

竟之听到了他这声暗骂，在他耳畔冷冷地说了句："莫急，越急就越容易忽略一些难以察觉的蛛丝马迹。"

严明盯着愈加深沉的夜色，见街巷窗户灯火明灭，伴着这清寒夜风，更是心急如焚。

"大人。"吕昭突然喊道。

严明诧异道："怎的？"

吕昭指着道旁的一棵大树："咱们，要不将马拴在这儿？"

严明方才只顾着着急，竟忘了要先将马拴好。方才牵着马在大街上一通好找，也幸亏街上无人，不然该被路人看笑话了。

填饱肚子之后，我买了电话卡和新手机。
和外界取得联络是反攻的第一步。

二人将马拴好后，陡见对面漆黑小巷中跌跌撞撞走出来一人！

严明以眼神示意吕昭和自己跟上这人。

那人在前头跌跌撞撞地走，手里拎着个酒壶，一边走一边往口里灌，时不时嘴里自言自语嘀咕一句："好酒，来，哥几个走一个。"街市很冷，却从道路两旁的窗里透出缕缕温暖的光，将人影拉得很长。

严明与吕昭躲躲藏藏跟在这人身后，比起那孤影醉汉，此刻倒衬得他们人影成双。

只见那人左拐右拐，拐进一条小巷，对着一户人家猛叫："婆娘！嗝，快给老子开门！"

那门内一声狮吼："这么晚还有脸回来？你怎么不干脆睡在外头，别回来了？"

那醉汉似乎认识到自己错了，遂又放软了声儿道："娘子，我的

我拜托媒体朋友通过他警方的关系打听了一下，
我果然被通辑了。让人觉得奇怪的是，
在我刚到现场没多久，警方就接到了报警电话。

好娘子，嗝，你快开开门啊，外头冷死了。"

堂堂七尺大汉，此刻竟像个孩童般在门外撒起娇来。那门内的妻
终究不是狠心之人，虽口舌不让，但气也顺了，不一时便一边骂
骂咧咧一边开门让他进去了。

方才一幕，严明看得呆愣，扭头看了眼吕昭，见她也看着自己，
不觉心尖一震，别开了眼，冷冷道："看来今日不会再有什么新
线索了。时候不早了，我们先回去吧。"

吕昭无奈地点了点头，二人回到方才拴马处，正要解开缰绳，却
听得咚的一声。定睛一看，不知从何处飞来一颗小石子，吓得二
人骤然神经紧绷。今夜天气着实不好，既无明月，也无星斗，万
里长天黑如泼墨，顺着石子丢来的方向看去，委实看不清小径深
处有什么。

吕昭低声道："大人，把刀给我。"

严明想也没想便把刀给了她，反正自己不大会用，不如给会用的人。

在警方勘查现场的时候，除了发现我丢失的背包以及里面的手机、身份证和脚印、指纹以外，甚至有三个人做证说看到我袭击了王星佑。但是那时天色已经很暗，伸手不见五指，怎么有人能看清？

吕昭拿着刀向小径深处挪动，待二人相距十几步时，严明突然听到自己身后有动静。猛一转身，严明发现离方才拴马的那棵大树不远处竟蹲着一人，那人蹲在墙脚处，是以方才没有被发现。那人见严明回身，立刻跃起捂住了他的嘴，用力将他按在地上。此时，严明脑海里闪过一个念头："今天第三次了。"

走在前方的吕昭听见动静，转身见严明被人按倒在地，欲奔回相救，不料身后却突然跳出两名男子，一人夺下她手中的绣春刀，一人顺势将她按倒在地。严明与吕昭二人同时被绑住双手、套了头套，拖进巷弄。

严明想："这回怕是真的躲不过去了，只是吕昭……"

一个念头还未想完，二人头上的头套便被摘下。待看清眼前之人，严明真是哭笑不得，而立在他面前的林天保也与他同样的一副表情。

林天保道："一天连续遇着三次，还真是不容易。要么是咱们今日有缘分，要么就是，咱俩自始至终查的是同一个案子。"

之后警察又调取了监控录像，发现了我过去和离开的路线，甚至找到了证明我确实去过那里。我觉得我很难洗刷冤屈了。

严明无奈答道："后者更有可能。"

林天保示意身边小旗给二人松绑，再次将自己那把绣春刀递给严明，道："别随便把刀给别人。"说罢又从身后小旗手里拿了把绣春刀递给吕昭，问道："你又是怎么找到这儿的？"

吕昭接过绣春刀，恭顺道："我回去处理家中丧事，在打点完义庄和兵马司回去的路上，有人给我送来严大人的信，让我来这里。"说罢严明将那封信递给了林天保。

林天保将信接过，展开细看后问严明："你送的信？"

严明答道："不是我送的。不过这信上的笔迹确实是我的，哪怕是模仿，也绝不是一般人可以模仿的。"

林天保思索片刻，对二人说道："与你分开后，我又得到了新的线索，于是来到这里。线人只说这里是一个重要窝点，别的没提。要不，你们还是跟着我一起罢了，兴许有什么发现对你们有

我们反攻计划举步维艰，
但也不是完全没有出路。
我打算去天津找素遥，
现在只有她清楚这到底是怎么回事了。

帮助。"

二人没有拒绝，提着刀跟在林天保身后。

不一会儿，一干人便到达目的地，见又是一处住宅。这次是一进小宅，不大，仅两间正房。小宅里没有灯光，隐约可见墙体斑驳，不像有人居住。

林天保毫不犹豫地带领众人闯了进去，结果不出所料，果然空无一人。

林天保问身旁的严明："你怎么看？"

严明略微思索后，方道："接连两次都能提早撤退，要么是凑巧，要么就是提前知道了消息。若对方提前知道消息，只可能是……"严明倒吸一口凉气，没再继续往下说。

只可能是自己人将消息传了出去。

林天保踌躇道："其实还有一种可能，一开始给我们的线索就有问题。"

严明点点头，没再说话。

"你们快看这是什么？"

一个小旗的声音从屋子里传出。

严明与林天保站在门口讲话，吕昭默默跟在二人身后，而林天保带的锦衣卫们却早先一步进了屋内，点燃了油灯，在屋子里查找线索。

只听得一个说道："哎，这看起来像一张星图。"

锦衣卫内部有专人负责占星问卦，是以锦衣卫里熟知星图的人不在少数。

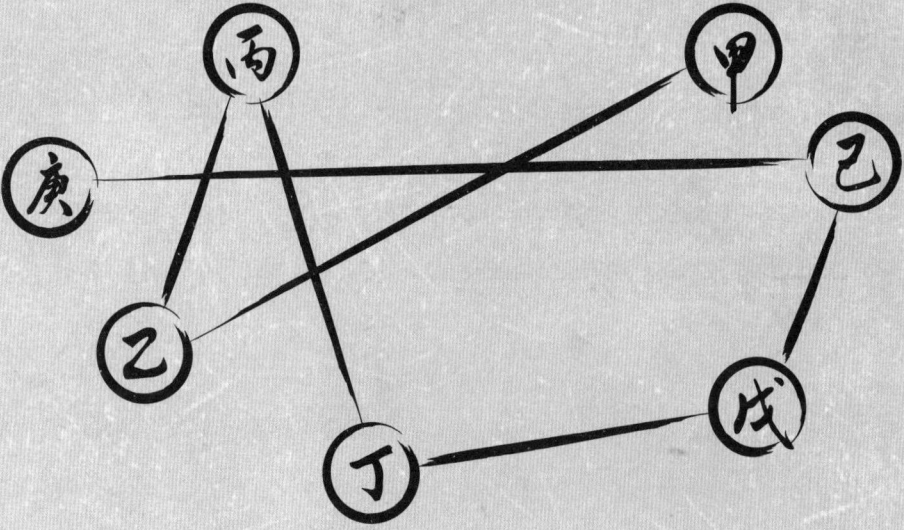

朋友帮我联系了一辆大巴，我专门下了一个APP
查看开车时间，大巴从上庄出发，我就想找个
右侧的位置靠着睡一觉，希望左边没有奇怪的人。

不时，便听见有其他人应和道："哎，好像真的是张星图。"

"这儿怎么会有张星图？"

林天保听见动静，立即三步并作两步走进了屋子，果然在一面破
损的墙上发现一些古怪的痕迹，他拿着煤油灯凑近了看，方确定
这是一张星图。

林天保向众人询问道："你们可有人能认得出这是哪个季节的星
图吗？"

众人面面相觑，皆不认得。此时严明与吕昭也跟着进了屋子，林
天保回身问严明："你怎么看？"

严明摇头道："我也不清楚。"

几人又在屋子里好一番查看，却再也没发现什么别的线索，林天
保吩咐两个总旗去查探这宅子里究竟住的是什么人，并吩咐锦衣

大巴车牌后四位就在上面这个句子里，

提示在门票上。

司机的手机号也在这一页上。

卫们都散了回家，而后对严明说道："看来今日再难有什么别的
线索了，要不要我派人送你们回家？"

严明摇头道："我直接骑马回去，一般人拦不住的。"

说罢后，严明与吕昭一同走出了宅院，走过一个路口后，严明驻
足对吕昭说道："你现在回去跟上林天保，不要让他发现，然后
在路上给我留下记号。"

见吕昭面露难色，严明说道："放心，林天保虽说功夫极好，可
洞察力却平平，平时查案时他身边总有一两个专门的锦衣卫负责
探路和勘查周围。可这会儿锦衣卫们已经散了，他自己走路最易
追踪。"

吕昭道了声"好"后，便顺着原路摸了回去。片刻后，严明也顺
着原路往回走，刚走到第一个岔路口便看见地面有刀子划过的痕
迹，这应当就是吕昭留下的记号。

严明顺着记号没走多久，便见吕昭靠在对面的墙边，眼睛看着严明，手却指向了远处的一间屋子。

那屋子距方才的小宅很近，中间只隔了两间药铺。严明走向吕昭，低声问道："怎么回事？"

吕昭答道："林大人就是进了那间屋子。不过，屋子里应该还有别人。"

严明想也不想地往那间屋子走去，吕昭下意识伸手拦下他，严明低声道："放心，没事。"说罢便头也不回地走了过去。

严明嘴上说没事，心里却不由得紧张起来，手心捏出了一把冷汗。待到得门口，他抬起手，直接推开了大门。

见着屋内景象，严明瞬间呆愣。

同时呆愣的还有屋内的两个人。

屋内两人想来也没料到会有人找到这里，当即拔出了绣春刀，但当他们见到眼前之人是严明时，持在手中的绣春刀似灌了铅一般僵在半空。

而严明更是头晕目眩，一时间如五雷轰顶。屋内两人，一个是林天保，另一个是……

竟之在严明耳畔颤着声儿喊道："父亲？"

严明当场石化，一句话也说不出，只能听见自己猛烈的心跳声和急促的呼吸声。

吕昭见严明僵在那里一动也不动，便从后头跑过来想看个究竟。

"别过来！你在那儿等着。"严明大声说道。吕昭的脚步停留在距他三丈远处。

严明吸了口气，故作镇定地踏入屋内，回身将大门紧闭，双手微微颤抖。

屋内静得落针可闻，烛火明灭，映照着严肃那张神情复杂的脸。严明的脸上看不出悲喜，目光呆滞，双唇紧闭，眸中隐隐有泪光，却看不甚真切。

还是林天保先开了口问道："你是怎么找到这儿的？"

严明攥紧了拳，冷冷道："跟你来的。"

林天保尴尬一笑，道："哎，我派人盯了你一天，没想到才这么会儿工夫没盯着，就……"

后头"露馅了"三字还未说完，严明看向严肃道："您是不是先解释一下？"

严肃倒是坦然，道："为了查案，诈死。"

严明问："为什么不告诉我？"

严肃答道："不想让你牵扯进来。"

看着二人你一言我一语地说，却总也说不到要害之处，于是林天保开口帮严肃解释道："去年你父亲在查案时，发现一个谋害魏公的阴谋，因为牵扯利益过多，甚至朝内百官都有参与，继续查下去的话阻碍只会越来越大，所以决定诈死。一方面暗示他们严肃已死，可以放松警惕；另一方面也是方便暗地里调查。不告诉你，是为了保护你。整个锦衣卫，除了指挥使田大人以外，只有我一人知道此事。"

严明此时喜怒交加，一时间竟不知该如何表达。他见着"死而复生"的父亲自然无比开心，可是又恼怒于他对自己的欺骗。

林天保看着他俩大眼瞪小眼，觉得这毕竟是人家父子俩的事，自己也不便再多说什么，于是默默立在墙边看着他俩。

严明理了理思绪，冷静片刻后问道："那么，这两天的事究竟是怎么回事？"

严肃答道："这是我们一直在跟着的一条线索，我住在附近就是为了方便盯梢。但是今天，这条线索断了。"

严明似乎很想问什么，几欲开口却又将话咽了回去，严肃见状说道："你想问什么，直接问吧。"

严明问道："吕家十口人是你们杀的吗？"

听闻此问，严肃与林天保皆为之一震，二人神色复杂地对视了一眼。严肃问道："你怎么会这么想？"

严明答道："吕家人弹劾魏忠贤，东林党没道理下此毒手。而这吕宅院墙高，吕家人甚至很少与外人往来，可见这户人家极其谨小慎微，应当也不会招致江湖上其他仇家来灭门。凶案现场共死了十人，大多数人被直接一刀毙命，可见凶手杀人手法娴熟，且凶手人数不在少数，想来定不是寻常杀手。在这京城里有能耐调动这般高手的组织无非就是东厂、锦衣卫和五城兵马司。事发后能让街坊四邻全部闭口不言，五城兵马司恐怕没这能耐，我从一开始就怀疑这是锦衣卫的手笔。"

听到严明的解释，严肃不惊反笑，道："对，是我让天保带人去做的这事。因为我们的线人暴露，被吕家人发现了，不得已才出此下策。"

严明疑惑地问道："你们这么做，不就暴露先前精心设下的局了吗？"

严肃答道："确实如此，所以我们才急着把知道的窝点全部捣毁，天保这两天就是在快速搜索每一处有确切线索的地方。"

严明看向林天保，问道："所以，今日我俩的行程一直重合，归根结底是因为我们本就在查同一个案子？唯一不同的是，你们是事先获得线索，而我是在现场寻找线索。"

林天保答道："确实如此。不过我很好奇，你究竟在现场获得了怎样的线索才一步步查到这儿的？"

严明思索片刻，遂将自己如何在密室发现吕昭、吕宅密室里的药柜、尸体衣襟里的字条、孩童玩耍的马吊牌、咸宜坊的药铺以及明照坊的酒庄一一告知，并向二人叙述了自己如何在查找线索的过程中发现下一个地址，而那些线索又是来得如何诡异而及时。严肃与林天保一脸匪夷所思地听着严明诉说，一直到他说完，都没有插一句话。

"事情就是这样。"严明说完后，看着他二人，等待回应。

严肃与林天保互相对视一眼，一时竟不知该对严明说些什么。

过了片刻，严肃开口道："天保带人血洗吕家后，我心里放心不下，也偷偷潜入现场查看过所有人的尸体，我们……"严肃迟疑着不肯往下说，似乎脑海里忽然想起了什么，转而看向了林天保。

林天保道："因为吕家人实在有些多，我们处理尸体花了些时间，所以最后实在来不及清理现场。不过，我仔细检查过所有尸体，并没有在他们身上发现任何纸条。在我们撤离后，我给师父发了信号让他过来看看，也没有发现纸条。我们两个都没有发现这个，那么……"林天保倒吸一口凉气，接着说道："极有可能是在我们撤离后，有人故意放进去的。"

听林天保如此说，严明只觉得脑海里一阵轰鸣，霎时电闪雷鸣，四野昏沉。这一切，实在太过诡异……此前严明也一直暗想，若这事真是东厂干的，那么案发现场不可能留下如此明显的证据。可它就是留了下来，还留得那般明目张胆。

"还有你后头说的那些，也是一样。"林天保继续说道，"你看到的那些线索，与我们先前掌握的东西完全不同，但是它却指引你查了和我们一样的事情。"

三人再次静默不语，过了一会儿，严肃忽然想起另外一件事来，问严明："你还记得你办的第一个案子吗？"

严明答道：“城内李姓一家想借由祭天暗杀神宗皇帝。”

严肃继续问道：“你还记得后来发生了什么吗？”

“我顺着线索一路跟下去，发现这件事很可能是源于某位当朝高官，在我准备继续查下去的时候，你就让我收手了。”

“你能明白我当时为何不让你继续查下去吗？”

“明白，您想让我远离庙堂之争。”

“你知道若是我当时不介入，而是任由事态发展，你将会面临什么吗？”

严明没有回答，而是直勾勾地看着严肃，眉头紧皱，面容煞白。他知道，如果他继续查下去，迎接他的只有死路一条。

严肃又问道：“你还记得我当时同你说过的话吗？”

严明迟疑了片刻，方愣道："记得，您说让我以后每次查案时，无论遇着什么情况，都必须跟您商量。结果，您搞砸了我日后所有的案子。"

听到这话，林天保不由得一笑，他知道严明心里对此多少有些愤懑，不免替严肃解释道："我和师父都知道你是聪明人，但是太过聪明反而不适合当锦衣卫。所以从那以后，我们故意在锦衣卫里营造出你办事差的假象。我们不是有意要埋没你，而是要保护你。若某日我与师父都不在了，你身边连个可保护你的人都没有，所以早早给你找了个苟且度日的法子。"

对此，严明一时语塞，不知该如何说。其实自己也没什么争权夺利之心，如今这得过且过的日子也并非不好。

只是还有一事他尚不明了，于是问道："我还有一事不明，吕宅的案子为何会找上我？"

"田尔耕大人知道是我们动的手，不希望有人查出来。"林天保说道，"所以他只能找个办案能力差的人来查这件事。此外，田尔耕大人也知道，若是派你来查这件事，我们无论如何也不会对你下杀手。但他定然没想到你能查到这一步。哎，你这脑子啊，我算是服了。"

严明忽然又想起一事，问道："那些刺客呢？他们受谁指使，有什么线索吗？"

林天保无奈道："完全没有线索。不过……我怀疑和锦衣卫内部的人有关。从这些人的行事作风来看，他们并不打算真的行凶，否则他们不会只派那么点人，下手还那么慢。他们那么做，更像是在有意拖着咱们的进度。"

严明点头认可，这与他们之前的推论一致。

待所有正事问完后，严明终于重新拾回了他作为儿子的身份，情绪好像即将决堤的洪水，他却紧紧封锁闸门不使其决堤。他凝视严肃片刻，问出了他觉得今日最重要的一个问题："您的身体，还好吗？"

严肃点头道："好。"

严明仿佛放下一大心事，松了口气，而后对严肃说道："那就好……嗯，我也好。"

严肃轻声说道："我知道。"

严肃依旧面无表情，神色冷峻，但严明知道他这简短的三个字里，包含了他对自己这一年来的关注和关怀。父子一场，虽无血脉相连，但终究心意相通。严明内心泛起一股喜悦之情，是父亲重新归来的喜悦，也是感受到自己在这苍茫人世间依旧被人关怀的喜悦。

严明唇角微微一扬，想要再问些什么，却被严肃打断："现在是紧要关头，我们得赶紧找出他们用来对付魏公的法子。你对此怎么看，可有何想法？"

"下毒。"严明立即答道。

严肃道："和我们想的一样。那吕家做着药材营生，之后的线索也都围绕着药材展开。我想，他们应是为了偷运某种药材才费尽心思设下此局。只是我们目前手头线索不够，还不知道他们究竟想运送何种药材。罢了，今日先不多说了，你快些回去吧。记着，日后若再发现任何线索，要立即通知我们，切莫再自己蛮干了。"

严明道："嗯，我知道。"说罢，他准备转身离开，却被林天保叫住了。

"严明，你救的那个姑娘现在应该在外头吧？我没别的意思，只是想提醒你一句，我们在吕宅时并未发现有她这么个人。许是她藏得好没被我们发现，但更可能是她真的有些问题。至于究竟是哪种可能，还需你自己多加留意。她之前出手救过你，想来暂时还不会害你，不过你要记着，切莫动真感情。"

严明看着林天保，好几番欲言又止，最后只是将心中所思所想化作了一个不冷不热的"嗯"字，说完后头也不回地开门离开了。

严明出来后，见吕昭瘦削的身影靠着不远处的院墙，一双柔情目紧盯着门口。见他平安出来，吕昭对他欣然一笑。双瞳剪秋水，粉面自含春。严明第一次对这笑容感到不适，并非厌恶，而是羞惭。他一时不知该如何面对吕昭，自己方才见到了杀害她全家的凶手，其中一人是自己的父亲，而另一个则是自己在这世间唯一的朋友。

吕昭笑意盈盈，踱着步子离他越来越近，严明内心却越发焦灼。他该如何对吕昭说呢？严明后背冷汗涔涔，心间翻江倒海也翻不出个妥帖的说辞，待吕昭走到他面前，他方才定了神，淡然说出一句："我们回去吧。"

吕昭本有满腔的疑问想要问他，但见他面容冷峻、眉头紧皱，想来是遇着难以遣怀的烦心事了。吕昭不忍再问，二人于茫茫夜色中缄口不语，缓步归家。

吕昭早早地回房安寝，严明则点了灯，坐在堂屋里看书。眼里是书上的白纸黑字，思绪却杂糅着过往种种，在烛光里翻飞。烛光照映在他冷峻的脸庞上，他想起当时得知父亲去世时，似乎陡然天塌地陷，似五雷轰顶；烛光晃动他的孤影，他想起父亲"去世"后不久，锦衣卫的同僚们对他百般气恼，万般羞辱；烛光照进他的双瞳，他想起自己方才与父亲久别重逢，虽然除了说公事外，他们不过只简单地寒暄了两三句，一时间，却有万般酸涩涌上心头，是一年未见的思念，是失而复得的狂喜，也是被欺骗后的委屈。一时间，心头填满了感激与酸涩，竟不知该放声大哭，还是该放歌狂笑。

他起身，推开了窗。乌云散去，繁星点点。严明暗自说道："不知这斗转星移，已是几多轮回？"

积庆坊

暮色四合，华灯初上。

北京城内覆盖上一层黑纱。这黑纱掩去了白日里沿街叫卖的小
贩，掩去了身姿婀娜斜倚栏杆的娘子，还掩去了那街道之上不堪
入目的污秽和一双双匆匆归家的步履。街道两旁的屋舍次第亮起
盏盏油灯，那油灯之下，有盼夫归家的妻，有盼子归家的母，还
有那孤灯剪影无所盼，仅以微光长伴黑夜的孤独之人。万家灯火
星星点点，仿佛无数星斗误坠人间。银河横贯九天之上，自有人
间灿烂星河来捧。天地一色，使人分不清孰是天，孰是地，只道
此情此景，绝非人间。

待听到悍妻怒骂晚归、娇儿嘶声啼哭、慈母温言责备之声，才又
重新清醒过来，原来此身尚处红尘。

吕昭跟在严明身后归家，见别处灯火温柔，两人心内各自凄楚。

待行至家门，严明伸手准备将门推开，却突然踌躇。

竟之突然在严明耳边冷声道："我清晨出门时系在门锁上的发丝

不见了！"

这还是严肃当年教严明的法子，每日出门前在门锁上系一根头发，等办完公事回家，若门锁上的头发不见了，定是有人进过他家。

吕昭见严明稍显犹豫，便问他："大人怎么了？是有什么不对劲儿的吗？"

严明面无表情，冷冷答了声"没有"，便推门进了院子。

严明的家不大，是京城里较为普通的一进宅院。迎着大门便是一间堂屋，堂屋两侧各有卧房一间。院里种着两棵硕大的桃树，若是往年，这时节该缀满青涩果实了，但今年却与往年不同，只剩满树枯枝。

严明快步进入堂屋，见桌椅似乎有挪移痕迹，角落里那一堆书似乎也被人碰过，却并不明显，便又进入堂屋两侧卧房看了看，见室内规整，床上被子叠得齐整，只有褥子和枕巾上有细微不平整的痕迹，似乎被人翻找过后又再次铺好。所有痕迹几乎微不可我前两天收到一份快递，是袁遥寄来的，她说她在整理厚益才的东西时，在衣柜的木板夹层里发现了三件东西。其中一件是六页《几何原本》残页，这几张残页上有一些奇怪的标记，你可以尝试研究一下。

察，且家中并未丢失任何东西，严明松了口气，从卧房出来。

退出堂屋后，严明扭头一看，见吕昭并未踏入宅院，而是乖乖倚在门口，眼巴巴地盯着他。吕昭那双眼睛生得极好，蒙着一层薄薄的水雾，似远似近。不笑倒还好，此时一笑，仿佛眼角眉梢都绽满桃花。严明与她四目相接，不觉心头一震，骤感不适，别开了眼，冷冷道："进来吧。"

吕昭这才提起裙裾跨进门槛。

彼时这方小小宅院里，头顶星光闪烁，衬着坊中的人间灯火，树影萧萧，人影成双，颇有些良辰美景、佳人在侧的意境……严明这时才察觉不妥，自己贸然带个女子回家，且不说左右邻舍如何看，自己先不知所措起来。

严明木愣愣说道："你且好生歇歇，我……我去买些吃食回来。"说罢头也不回地大步走了出去。

不一时，严明拎着一只鸡和一张大饼走了回来。一进门，便见吕另外两件是一个纸条和一根铅笔。
纸条里的内容应该也对你有用。

昭在堂屋角落忙活，走近一看，原来在帮他整理角落里散乱的书。察觉到身后有人走近，不待严明开口，吕昭便说道："原来锦衣卫待遇如此不错。"

严明不知她所指何物，便没有开口。吕昭一边整理着书一边说道："能买得起这么多书。"

天启元年以来，坊间所卖图书不过两三文银子一本，贵的也不过一钱银子，与往年比较，算是再便宜不过。不过要像严明这般将书堆得如小山一般，也着实要花不少钱。

严明答道："我一年俸禄有 120 石米，每年零零碎碎的小钱还能有个二三十两银子，虽然不多，买些书倒还是绰绰有余。"

若将严明一年薪俸全折成现银，约莫五六十两。 这笔钱在当年是巨款。

吕昭听他如是说，话锋陡然一转，问道："哦？你一年能赚这么多钱，怎么过得如此清贫？"

一会儿说人待遇不错，一会儿又说人过得清贫，严明暗忖，这姑娘家真是不好打发。不过她说得倒是也没错，若将这些书都搬走了，严明家中委实没有什么值钱的东西，可真算得上是一贫如洗、家徒四壁了。

严明板着脸，淡淡说道："没什么想买的。"

吕昭不肯罢休，继续追问道："那你怎么不换座大点儿的宅子？你这钱攒两年，应该能买座不错的宅院了。"

严明答道："怎么都是住，横竖我一个人，没必要计较这些。"

严明将手中的鸡和大饼放在桌上，见她似乎又要追问什么，不耐烦道："快吃饭吧，一会儿凉了。"

吕昭倒也识趣，不再追问。

待两人吃过晚餐，严明示意吕昭早些休息，便从墙角拿起一本书，顾自看了起来。

吕昭并无睡意，凑到严明跟前问："大人，您看的这是什么书啊？怎么还有些奇奇怪怪的图像？"

严明双眼未离开书本，顾自翻了一页，道："此书名为《几何原本》，是从西方传到大明的。"

吕昭瞥着严明手中的《几何原本》，读道："'于有界直线上，求立平边三角形。法曰：甲乙直线上，求立平边三角形。先以甲为心、乙为界，作丙乙丁圆。次以乙为心、甲为界，作丙甲丁圆，两圆相交于丙、于丁。末自甲至丙、丙至乙各作直线，即甲乙丙为平边三角形'。大人，这写的什么意思啊？我怎么不太看得懂。"

严明二话不说拿出绣春刀，将刀刃抽出刀鞘，一缕白光闪过，余音入耳，吓得吕昭赶紧起身，以为有危险靠近。谁料严明却一脸淡然地说："没事，你不是说看不懂书中写的什么意思吗，你看着，我画给你。"

严明先拿刀鞘在地上画了条线，问吕昭："现在这儿有条线，如何画出另外两条线，让那两条线与这条一样长？"

吕昭道："用尺子将这条线量了，再依照尺子画两条。"

严明道："我家中无尺子，且另外两条线必须彼此相交于一点，而它们的另一头必须与我画的这条线相交。"说着他便指着书上的图，道："你看，这个图形是三角形，若它的三条边长度相同，即为平边三角形。"

还有几何？

吕昭蹲到严明身侧，道："这我却是不懂了，这书与我在吕家看过的书都不同。"

严明将刀鞘直立在直线的一端，又将绣春刀的刀尖抵在直线的另一个端点，然后再将绣春刀的刀柄斜靠在刀鞘上，以刀柄为轴，轻轻用力，使刀尖在地上画出一个圆。随后，他又将刀鞘直立在直线的另一端，将刀尖反过来抵在另一个端点上，依旧将刀柄斜靠在刀鞘上，以同样的法子再画一个圆。

吕昭不禁叹道："大人画得真圆。"

严明道："平边三角形已经画好了。"

见吕昭还是一脸茫然，严明指着地上的两个圆，一边用刀鞘在地上画线一边对吕昭说道："你看，这两个圆相交于这一点，将这个点分别与方才画的线的两端连接起来，这便是一个平边三角形了。"

吕昭见此，指着两圆相交的另一点，问道："那下面这一个点呢？分别和方才这条直线的两端相连后，也是平边三角形吗？"

严明道："自然。"

吕昭想问严明学这个有什么用，看起来这般难，且并无实用性，既不似琴谱、棋谱供以学习琴棋，又不似诗词歌赋供以陶冶，更无法与四书五经相提并论，实在不知看这般晦涩的书所为何来。

想了稍许，吕昭似乎明白了一些事情，于是再次凑到严明跟前，双手托腮问道："大人，你为何这个年纪还未娶妻？"

她凑得太近，搞得严明实在不知所措，将头往书里埋了些，故作镇定道："不喜欢。"

吕昭暗自思忖，不知是他不喜欢姑娘，还是姑娘不喜欢他。于是紧追不舍地继续问道："大人是没有喜欢的姑娘，还是……不喜欢女人啊？"

京城好龙阳之人不在少数，坊间谈及也并无多少避讳，是以吕昭问得坦坦荡荡，倒是严明，被问得面红耳赤，尴尬地岔开话题："你喜欢看书吗？"

说罢严明又将头从书页里抬起一点，暗自又打量起吕昭来，见这女子脸上稚气未脱，白日里倒是温顺乖巧，不想夜间竟如此顽皮。转而一想，她看起来不过十七八岁，正是爱玩闹的年纪，问这些再正常不过。不过严明问完上句话却有些后悔，这坊间女子读书者甚少，想来她一个婢女，大抵连字也不识得多少。

怎料吕昭对他莞尔一笑，颊边陷下两个梨涡，答道："喜欢啊。"

见严明眼中透着诡异神色，吕昭补充道："我在朝鲜时，自幼学习汉字，所以才能说得这一口流利的官话。这些都是为了被送到上国天朝准备的。到北京后，家主对我很好，家里的书我都可以随意翻看。"说罢又想到家主的死，悲从中来，立刻又流下眼泪，可怜兮兮地看着严明道："大人，请一定查出杀害我家老爷的凶手。"

严明的脸色骤然冷了几分，问吕昭："你知道锦衣卫的职责是什么吗？"

吕昭摇头道："不知道。"

严明解释道："锦衣卫前身为太祖皇帝设立的'拱卫司'，而后改成'亲兵都尉'，统辖仪鸾司，掌管皇帝仪仗和侍卫。如今的主要职责是查办对皇室不利的案子，可跳过三法司，直接进行侦查、逮捕、审问。近些年魏忠贤得势，北镇抚司多仰仗他照料，是以，锦衣卫除了效忠皇室，也须为魏忠贤效力。"

吕昭定定地盯着他，眼中尽是不解，严明解释道："我的意思是，我又联系了袁遥几次，还是没有李益才的消息，也没有新的线索，我猜想李益才大概是不想将袁遥牵扯进来，才嘱咐她不要看这本书的内容。所以在和袁遥的交谈中，我也很小心，没有同她透露书里的信息。

无论凶案如何，是谁杀了你的家主，都不是我要查的结果。"

吕昭脸色陡然一变，正欲开口却被严明制止，只见他继续说道："但在这个案子里，是谁杀了吕家十口人很重要，我定要查出凶手是谁。"

吕昭脸色这才恢复如常，不料严明转而又问："你可曾想过，我为何会将你带在身边？"

吕昭摇摇头，道："未曾。"

严明冷着脸说道："首先，若你真是吕家之人，那作案行凶之人日后定会再来找你，而你，定然性命堪忧。我这人虽然功夫不大行，好歹有锦衣卫的名头在这儿，一般人不敢拿我怎么样，你跟着我安全。再者，若你不是吕家之人，而与凶手是同伙，留你在身边也能日日提防，免得你逃了去。"

听到此处，吕昭急着想要为自己辩解，却被严明伸手制止，继续说道："白天急着赶路，有件很重要的事情一直没来得及问你，除了四处打听李益才的下落，袁遥说她的工作和生活并无异常，没有奇怪的事情发生。这个消息算是让我松了一口气，或许我被监视和这件事没有关系，或许袁遥不在被监视列内，无论哪一种，都是好消息。

现在我要问清楚，这关系到吕府灭门的真相。"

吕昭又回到白日里的顺从样，乖顺地点点头。

严明问道："你可知吕家检举魏忠贤一事？"

吕昭摇头道："不知。"

严明突然加重语气，一字一字地重复方才的问话："你可知吕家检举魏忠贤一事？"

吕昭愈加诚恳道："奴婢不知。"

严明又问道："吕家可有何仇家？"

吕昭答道："不清楚。"稍许停顿后，又补充道："吕家人很少与外头走动，莫说仇家，连朋友都不多。"

严明盯着吕昭那张我见犹怜的脸，暗自思忖："这吕昭看起来十分聪慧，若她真知道什么线索，早该告诉我了，何必非要等到晚上。罢了罢了，反正自己一开始发问，便没想着能从她口中问出个什么明堂出来。"

严明叹了口气，对吕昭说道："罢了，你歇息去吧。"

吕昭乖顺行礼，道了声"是"，转身去了堂屋西侧的卧房。

严明入了东侧卧房，熄了灯，躺在床上辗转反侧，无论如何也无法入眠。他此时才想起，这是父亲离世后，家中第一次有别人。

天启六年五月初三，北京。

一早，二人便来到积庆坊。

大街之上人群熙攘，小贩吆喝着并列在街道两侧，来自天南海北的各色商品令人目不暇接。行过之人，有那衣着华丽的老爷夫人，也有那日夜奔波的寻常布衣，形形色色，来来往往，好不热闹。这时，吕昭见着个一身破败的贫苦孩子，在包子铺偷了个软软糯糯的包子，却不舍得吃，裹在怀里转身就跑，待老板出来臭骂时，那孩子早没了踪影。

吕昭见此，不觉一笑，颊边陷下两个小小的梨涡。

严明与吕昭并辔而行，见她对街市如此好奇，于是问道："你来北京几年了？"

吕昭答道："我十岁就来到大明，至今已经七年了。"

严明继续问道："很少出来？"

吕昭唇角微扬，乖顺答道："是啊，只要家里还有别人能出去买东西，就不会轮到我。这些年，我总共只出来过七八次。"

严明剑眉微微舒展，问了句无关痛痒的话："那现在出来了，是什么感觉？"

吕昭突然明媚一笑，道："开心啊，第一次见到这么多人。"

呆木头严明终于也遇上了搜肠刮肚的困窘，书中的颜如玉也没教过他如何跟姑娘说话，竟之与他一样也是个呆木头，此时缄口不言，安静得像个无形的哑巴。愣了片刻，严明没再继续问话，二人再度陷入沉默的尴尬。

目前，严明手上并没有太多线索，只知自己要找的地方一定与药材有关，便下了马，带着吕昭在沿街的药铺挨家查看。可惜看了两家，并未发现任何线索。

二人在街上毫无头绪地徘徊片刻，突然，严明察觉身后有异样，立刻顿住脚，以余光瞥见不远处有个人影，国字脸，穿着寻常布衣。这人他在去前两家药铺时见过。若说一次两次是巧合，那么这第三次，定然不再是巧合。

严明示意吕昭向东走去，进入一个无人小巷。走了几步后严明停住脚步，冷声问道："谁在跟踪我？"

吕昭不明所以，正待询问之时见着身前出现了两个人，继而身后又出现一人。三人不再遮遮掩掩，正大光明地面对严明二人。

严明冷着脸，继续问道："锦衣卫办案，你们要做什么？"

其中一人嘲笑道："你这锦衣卫里的废物能办什么案子？"

说罢，三人一拥而上。

吕昭不知哪来的力气，一掌将严明推开，而后轻盈转身，躲开了来人一拳。

严明惊魂未定，靠在墙边喘着粗气，眼睛却不敢挪开半晌。

吕昭竟会功夫，且功夫还不错！

只见她只身周旋于三人之间，体格瘦小，身姿却轻灵，出手快而无常，步伐稳而不乱。四人拳脚之下，陡然扬起一阵沙尘。吕昭双拳应付着身前四手，一人出拳偷袭后背，吕昭一跃而起，将身前两人甩开，而后扬起一脚将身后之人踹翻在地。

衣袂翻飞之际，不觉已过手十几个回合。一只手欲锁她咽喉，吕昭出手截住，回首却见一人跃起半空向严明踹去，未及思索，吕昭松开那只袭向咽喉的手，掠向严明身前，腹部生受了那一脚，口中吐出一口血来，瘫软在严明怀里，再无知觉。

武到用时方恨少，严明这回是真真体会到了。此时，严明无比悔恨幼时没有和父亲好好习武，但凡学到些皮毛，今日也不致惧怕这三人。武功差倒也罢了，偏生今日出门不利，连那把唬人装样的绣春刀都没带。

三人对严明呈包围之势，越来越近，一只拳直击严明面门。严明紧闭双眼，准备赴死。

突然，一个身影自巷口蹿入，飞起一脚踹翻其中一人，再一个肘击打倒另外一人，而后拔出绣春刀直接砍死最后一人。严明还未反应过来，只见一人尸体倒地，鲜血自他脖颈喷薄而出，染了满面青墙。

那被打倒在地的二人哪里料及还有此番变故，方才那女子不过是个功夫不错的丫头片子，倒还能应付，这回真的高手来了，二人吓得屁滚尿流，赶紧踉跄爬起，飞也似的跑了。

严明这才定了心神，好好打量起来人。

此人并非别人，正是林天保。不待严明开口，林天保便半是责备半是关切道："你说说你这个功夫，像个什么样子？当年师父天天催你练武，你不练，你说以后有危险了躲着就是。现在明白了吧？危险若真要找上你，你想躲也躲不开。"

严明无奈道："这不是还有你吗？"

林天保被他气得发笑，道："还真好意思说。要不是我遣人跟着你，恐怕你早就死了。"

严明不解地问道："你派人跟着我？"

林天保答道："是啊，昨日我听你说起那吕宅的案子，便知非同寻常，一定还有其他什么我们不知道的事情。我怕有人加害于你，所以从昨日起，就派人一直跟着你们。今日你们一出门，便有人将你们的行踪通报给我。而我也是一路追随你们到了积庆坊，这才救了你。"

虽然对林天保派人跟踪自己这件事很生气，但想到他也是一片好心，严明也不好发作。

林天保盯了吕昭片刻，而后问道："这女子为何会功夫？"

严明低头看了眼昏死在自己怀里的吕昭，摇了摇头。

林天保继续说道："我是真怀疑这女子有问题。吕家惨遭灭门，却有这么个婢女只身逃脱，还带了一身的功夫，实在太诡异了……"转而犹豫片刻，笑道："不过……有一说一，她待你倒是不错，方才她舍命救你，想来是不会害你的。待这案子了结，若她没有被牵扯进来，你倒是可以考虑直接娶了她，日后也能保护你。"

严明尴尬沉默。林天保不再与他开玩笑，蹲下身来翻检方才被砍倒那人，确定此人已死，伸手在那人身上仔细翻找后，并未发现任何线索，于是转头问严明："你怎么看？"

严明反问林天保："你猜他们在出手前说了句什么话？"

林天保摇头。

严明道："他们说，'你这锦衣卫里的废物能办什么案子？'"

林天保听后大笑，而后调侃道："他们说得也没错啊……哈哈哈哈……"笑着笑着，林天保双眉一凛，瞬间冷静下来，定定地看着严明，道："他们怎么知道你是废物？"

严明答道："这就是关键。我在北镇抚司里极少办案，甚至连出门都很少，在锦衣卫里除了你也没别的朋友，想来，我的存在感应该极低。他们能在一天时间里就打听清楚关于我的事，除非……"

"除非锦衣卫里有人透露给他们！"林天保立刻说道。

严明点了点头。

我在平时经常逛的古书二手书网站上，发现了这本书在出售。起先还以为自己看花了眼，因为这本书并没有在市面上销售。

林天保思索片刻方道："这个案子非常棘手。我劝你尽早收手，剩下的事情让我来。"

若是往日，严明定然想也不想就答应了。可这次不同，他想起居贤坊的那首藏头诗，胸中气血翻涌，立刻回绝道："不行，这个案子必须由我来查。"

林天保显然会错了意，笑道："哈哈，你别担心，最后就算是我查出了真凶，我也说是你查出的不就行了，这小妮子还是你的，我不和你抢。哎，我那两房夫人已经够我受的了，再来第三个我真吃不消。"

严明一时间不知该说什么才好，这才后知后觉地意识到自己一直抱着吕昭，这样对女孩子多少有些不敬。

林天保伸手为吕昭把了把脉，说道："没什么大碍，去找个大夫看看，应该很快就能醒转。"

虽说男女授受不亲，但如今吕昭昏迷不醒，又不能让林天保这个

我紧张地点了好几次鼠标才选中图标，
进入图书出售界面更确定，
那本书和我手头上的这一本书是一样的。

有妇之夫来抱，严明只得自己硬着头皮将吕昭抱上了马背，与她同骑一马，林天保则独乘一骑，与他们并辔而行。三人没走几步，便见着道旁有一家医馆。严明抱着吕昭下了马，径直走进医馆，喊来大夫诊治。

医馆大夫过来道："快，将这姑娘抱进内堂，放到病榻上去。"

严明听了大夫的话，将吕昭抱进内堂，放在了病榻上，而后想，万一大夫要解衣查看伤处，自己守在这儿委实不妥，便出了内堂，转身在大堂的椅子上坐下。此时有了闲情，严明开始细细思量，究竟是何人想要加害于他？吕昭又为何有这一身的功夫？两件事情杂糅在一起，越想越烦，没有任何头绪。看来，只有等吕昭醒来后再问个究竟了。

"你可曾想过，万一……我是说万一啊，我若是骗了你，你会怎么样？"

不知何时，林天保站在严明身后，冷不丁问出这样一句话。

我之前尝试联系论坛上收到这本书的人，不是电话打不通，就是没有回信。

严明脑海里抟着千头万绪，对他这句话并未深究，不假思索道："还能怎么样，总不能杀了你吧。"

林天保笑了笑，而后道："可能很快你就会知道我骗了你，希望那时候你不要真想杀了我。"

严明不知所以，扭头看了看他，想要问明白。但又觉得问了也得不到什么答复，便收住了。

内堂的大夫还没出来，二人百般无趣，只得在外堂四处看看。看着看着，严明便发现了自己要找的东西！

药柜的一排抽屉下，整整齐齐写着一行小字：一万、二万、三万、四万、五万。

老天眷顾得太及时，在这无计可施之际，偏逢柳暗花明。

严明想起，林天保知道这一串数字曾出现在昨日的药铺里，怕他起疑，便转过身对林天保说道："想来你今日定还有别的事吧。

店铺商品页上孤零零地挂着这本书，
好像是店主在暗示什么。
他会是和我一样在寻找真相的人吗？
还是只是意外得到了它，把它当成一本普通的二手书？

你自去办你的，无须留在这儿等我。我一会儿没事就回北镇抚司衙门，直走大路，他们不敢在人群里行凶。"

林天保想了想，说道："我确实还有别的事。不过，我已经杀了他们中的一人，万一他们直接报复，你还是要小心些。"说罢将腰间的绣春刀解下递给严明，道："我知道你平日不喜佩刀，但今天情况特殊，刀你拿着，万一再遇着什么危险就把刀给那小妮子，总好过赤手空拳。"

严明接过刀后才后知后觉地想起什么，问道："那你呢？"

林天保答道："这偌大京城，能伤我的人屈指可数，刀对我来说就是个摆设。"

严明"嗯"了一声，再没说什么，林天保便转身离开了医馆。直到林天保的身影消失在视野里，严明这才再次将目光投向了药柜。此时恰逢医馆老板走出来，还拿着账本在查些什么。严明四下看了看，发现无人提防他，便走到正在打算盘的老板面前，掏出了昨日在药铺里拿的药。

老板看后大惊，他抬起头，盯着严明看了片刻，而后问道："你这是什么意思？"

严明冷冷答道："你知道。"

老板继续问道："说好的昨天来，怎么今天才来。刘老板呢？怎么不是他来？"

严明答道："刘老板走了，以后就是我来。"说这句话时，严明心里直打鼓，怕露出马脚，只能让自己说得尽可能简短，看起来又尽可能值得相信。

老板看着严明犹豫片刻，而后从怀里掏出了一封信和一小包药材，待严明接过后，又立刻低头打起了算盘，仿佛什么都没有发生过。

此时，给吕昭治病的大夫自内堂走出，对严明说道："没什么大碍，只是些皮肉伤。之所以昏倒，应该是被吓的。这会儿已经醒过来了。"

严明走进内堂，见吕昭已在榻上坐了起来，看着确如郎中所说并无大碍。见严明走近，吕昭想要对他说什么，却被严明做了个手势制止。

待严明结了账，二人离开医馆，骑着马走出一段路后，严明方道："你想说什么就说吧。"

吕昭说道："我这身功夫，在朝鲜的时候学了些，到了吕家后，又跟着护院学了两年。吕家没有女儿，我一个婢女能留下来，全凭这身功夫。"

严明并不相信她的这番说辞，但也没辩驳什么，只是点点头，对吕昭说道："谢谢。"

话一出口，两人之间又有了丝丝缕缕的尴尬之气……

二人行至僻静处，严明自怀中摸出医馆老板给他的药材，因被密封着，以防万一没有打开，便又摸出了那封信，展开一看，只见信中如是写道：

生來攜帶三分苦

卻有神通治百病

待到天阜啟星斗

醫家尋寶至山阿

災消病去人人樂

氣轉經通事事和

誰有天財啟聖藥

國無此寶世婆安

严明看了许久，而后又顾自将信塞进了怀里。

呆愣片刻，严明对吕昭说道："我们走。"

時雍坊

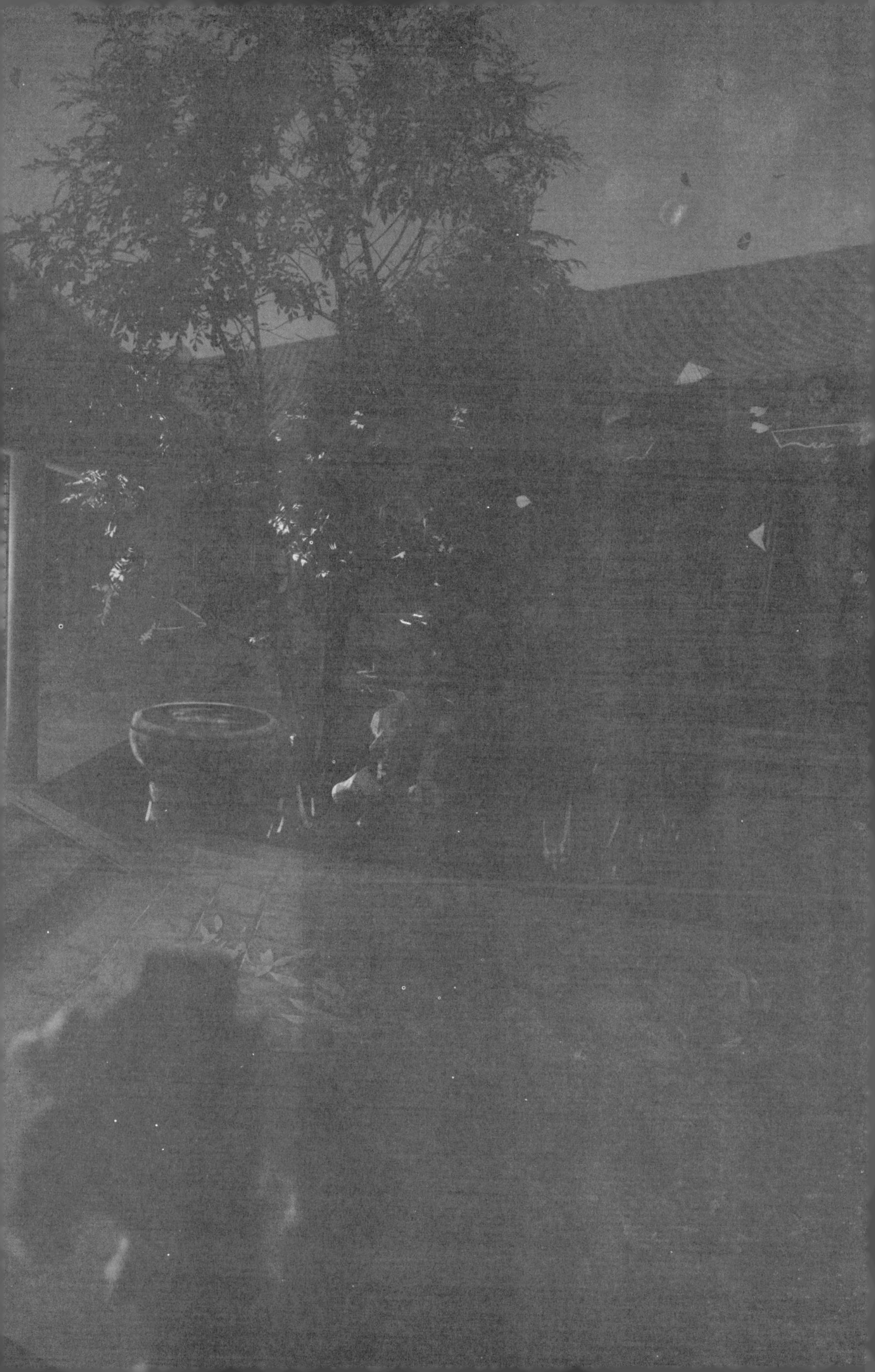

深夜，严明用银针挑了挑油灯的灯芯，那灯芯迸出一小簇火光，使卧房内更亮了几分。严明的身影投落在纸糊的窗上，看起来孤零零的。随着夜风呼啸，那孤影时而落在窗的这一侧，时而落在窗的那一侧，时而颤抖，时而静默，仿佛真的被这夜风吹彻。

竟之的声音充满了忧虑："'我'真不该丢下她一个人，不知她还会不会再回来。霍维华的人若是将她捉住，会如何待她呢？他们会不会对她下狠手？"

严明透过窗孔看着夜空，眼中尽是忧虑，声音却依旧保持着往日的平静："不会的，莫要自己吓自己。她的功夫虽不及林天保，但也不至于轻易教人抓住。"

竟之道："也是。不过，就算她被霍维华的人抓住，他们不知道她的身份，想来也不敢轻举妄动。明日'我'便去搜集霍维华的罪证，证据确凿，我便能带着锦衣卫前去搜查霍宅，那时便可将

既然已经到了天津，
我打算在这里待几天，四处逛逛，
就当弥补这些年来一直没时间、精力游玩的遗憾。

她救出来了。"

严明点头道："嗯。我必须冷静，若我贸然独自前往霍宅要人，不仅不能救出她来，只怕连自己也得搭进去。若是连我都搭进去了，还有谁能救她呢？她在京城无亲无故，她的父母远在朝鲜，她还想回去与他们团聚，她不能，不能出意外。"严明口中说着要冷静，奈何心急如焚，越说心里越害怕。

竟之道："她不会出意外的。她那般聪明，就算被人抓住，也会自己想办法逃脱。霍维华作案已成事实，目前缺的只是让他束手就擒的铁证而已。只要将霍维华绳之以法，一切问题便可迎刃而解。"

夜风吹得有些太冷，严明为自己披上一件薄衫，道："这有何难。只要他做过那些事，总归会在某些地方留下证据，就算是掘地三尺，我也要将他那些龌龊事给挖出来。"

另外这也是我反攻的第一步。

我相信现在一定有人盯着我，

既然如此，何不好好利用这一点。

竟之道："嗯。不过，要将自己掩藏好，不能打草惊蛇。"

严明叹息道："嗯。我会尽可能小心。"

不知不觉一夜过去，启明闪烁，东方逐渐泛起了鱼肚白。严明一夜无眠，他在房中踱步等候整夜，一直没有听见吕昭回来的脚步声，他在心中已经做好吕昭被抓住的打算。后半夜，严明的心中一直盘算着，若是吕昭被霍维华抓住了，该如何将她毫发无损地救出来。

他去柴房倒了些凉水，胡乱抹了两把脸便出了门。他先去了吕宅，发现那宅子早已空无一人，便又去义庄看了看，却仍未见吕昭踪影。无奈之下，严明只好去北镇抚司找林天保帮忙，可是到了府衙后，竟连林天保也找不着。严肃更不必说，自是不方便出来见人。

我在天津如果见了袁遥，那么指向太过明显，
但如果我见了十个人，甚至一百似，
再神通广大的组织也得花点时间甄别。

末了，严明决定还是先去时雍坊看看。

时雍坊的小贩们早已在曦光里苏醒，扯开了嗓子大声叫卖。严明
牵着马匹穿梭于闹市，漫无目的地寻找着。可他自己也不知道究
竟要去哪儿，手头的线索又只是将他带到"时雍坊"后就断了，
余下线索还需自己去寻找。

他目光所及处，人影幢幢，渐渐出现许多虚影，与他擦肩而过，
使他头晕眼花。他已是疲惫至极，似要一头栽倒在地上，突然被
一陌生男子撞到肩膀，竟真的一个跟头栽倒在地。

那男子见此，立刻上前将他扶起，他二人周围立刻立了几个围观
之人。

那男子一边扶起严明，一边说道："不好意思，借过借过。这位
公子，实在是对不住了，我方才走得急，不小心撞到您了。您看

在袁遥的联络下，

季益才的同事、朋友，我已经见得七七八八。

除了几位年纪太大已经神志不清，不适合探访的。

起来身子不适，要不到我的小店喝口水歇歇吧。我的小店离这儿
不远，再向前走几步便到了。"

严明虚弱地对那人说道："有劳了。"

走了没多久，那男子便道："公子您不必客气。您看，已经到
了。这家四宝店便是我家的。"

严明抬头一看，竟是一家卖文房四宝的铺面，他想起吕昭曾给他
看过的银桩刀，那精致的毛笔和墨汁曾令他大吃一惊，没曾想过
笔墨还能被那般携带在身上，于是转头问男子："请问，你这店
里有没有小一点的毛笔？"

那男子一边将他扶进店里，一边答道："小一点的倒是有，就是
有些贵。那还是前些年我爹从一个朝鲜人手中买来的，贵得不得
了，可是却没人买，结果一直搁在店里吃灰。您要是想要，我给

您拿去。"

严明道："好。"

那男子转入内堂，拿出一把只有手掌大小的毛笔，递到严明跟前道："大人您看看想要哪支，我给您包起来。"

严明见这些毛笔各个小巧精致，笔身上刻着些四季花纹。他挑了两支刻着桃花的毛笔，对店家说道："就这两支吧。"

趁着男子将两支雕刻桃花的毛笔裹入包裹时，严明余光突然瞥见街市拐角处一座很奇怪的宅子。这宅子极大，占地远超一般官邸，门口无任何匾额，不知这家主人究竟是谁。

待男子将毛笔包好后，严明付了银钱，胡乱将其揣入怀中，一句话也不说就出了店门。那男子在他身后喊道："公子，您看起来

大悲禅院的香火真是旺盛，
早知道人这么少就不去了。
不知道我有没有被警察发现，
还是提上回京日程吧。

面色惨白，要不喝口水再走吧。"严明置若罔闻，径自朝那宅院
走去。

立在院外，却听不见院里有任何人声，甚至连脚步声也没有，仿
佛一座无人居住的空宅。院中几棵郁郁葱葱的大树将枝杈伸出院
外，隐约可见树叶之间伸出含苞欲放的花骨朵。翠叶间仿佛可听
见鸟鸣声声，丝毫没有被人惊扰到，似乎院中真的没有任何人。
可严明垂首却见宅门台阶干净无尘，门上刷漆如新。他伸手摸了
把墙壁，却见手掌干净如初，分明是极讲究的人家，连墙壁都干
干净净，若这宅子真无人居住，如何会有人时常来打扫清理？

这宅子绝不是一座空宅，或者说，这宅子绝非长期无人居住。或
许是这宅子的主人暂时未归，才将这宅子暂时闲置一两天。又或
许，这宅子里一直住着人，但是他们功夫极高，行走无声，连树
上的虫鸟都没有惊动。

严明将马拴在道旁的一棵大树上，怀里抱着绣春刀，一圈圈绕宅而行，边走边思索该如何进入这座宅子。

突然，他看见几个蒙面人鬼鬼祟祟走近院墙下的一扇小门，敲了几下后，门开了，门内有人低声问："门外何人？几时出门？"

那领头的蒙面人说道："归来之人，子时出门。"

门内的人，在大门里学杜鹃叫了两声，门外人说道："庄生晓梦迷蝴蝶，望帝春心托杜鹃。"

那蒙面领头人一说完诗，那扇小门陡然打开，几个蒙面人立刻闪进小门。

严明也走向那扇小门，学着方才那几人的敲门姿势，先敲了三下，又敲了九下。

门内问道："门外何人？几时出门？"

严明想着，不能与方才那些蒙面人的回答完全一样，不然他们在门内一核对，便能证明自己是个冒充的，于是答道："归来之人，丑时出门。"

门内又问："不是说出门之人不能同一时间回来吗？他们刚回来，怎么你们就回来了？"

这问题问得严明始料未及，他没想到一座平民宅院里，还立下了这些规矩。不过这也恰好证实了一件事，这宅子里藏着不可见人的东西。门内之人如此谨慎，在这种情况下，自然是多说多错，于是只好言简意赅道："事出有因。"

门内那人声音渐低，严明甚至能感受到门内隐约浮动的杀气，可他不能退后。既已暴露，不如就此豁出去。若是后退，那门内之人也定然不会放过他。只听门内那人又问道："事出何因？"

严明心里直打鼓，怕再说错什么露出马脚，他深吸一口气定了定神，控制住语气，尽可能波澜不惊，尽可能简练地说道："在此不便细说。"

那门内片刻无声，只这片刻，便教严明冷汗直流，好似有一股无形之力扼住严明的咽喉，但那力气不大，只是缓缓游走在他的致命之处。严明大气也不敢喘，因为他怕自己的呼吸声催促那股力勒紧自己的脖子。

片刻后，门内传来两声鸡鸣，严明思索片刻，方道："女曰鸡鸣，士曰昧旦。"

那门吱呀一声便开了，严明暗自庆幸自己东猜西蒙地蒙对了，正准备朝那扇小门走去，却忽然眼前一黑，被人从身后套进麻袋里。严明正欲挣扎，却又被人缚住了手脚。

这突如其来的无妄之灾使严明脑子一蒙，过了许久才清醒过来，
觉得自己被人推搡着往某个地方走去。

看来没对上他们的暗号，身份暴露了。

严明暗忖，这些人若是有心杀他，绝不会多此一举将他绑走，直
接一刀砍下去就能要了他的命。绑他的这些人，极有可能与一直
针对自己的那些人是同伙。这样也好，把自己带去他们的巢穴，
看看他们的主子究竟是何许人。

没走多久，严明便被带到了该去的地方。麻袋揭开后，严明见身
前站着十几个人，为首乃是霍维华。

霍维华一见麻袋里的人是严明，立刻温和一笑，说道："怎么是

严大人啊？您怎么来这儿了？"

严明实在不明白这个霍维华葫芦里卖的什么药，于是没好气地说道："我不懂你什么意思。"

霍维华赔笑道："哎，一场误会，我的人误以为你是来添乱的，这才做了蠢事。严大人莫怪，莫怪啊……"

严明心知而今人为刀俎，我为鱼肉，若是表现得战战兢兢，反教对方长了志气，于是他装作并不知道这宅子里有诡异，只当自己无意闲晃到那处小门，却被霍维华的人抓了来。于是他怒道："还不快给我松绑！"

霍维华立刻紧绷了脸，对手下人吼道："没眼力见儿的东西，还不快去给严大人松绑！"

立刻有两个下人上前为严明松绑。

严明见霍维华并无恶意，揉了揉方才被绑得发疼的手腕，冷着脸问霍维华："我可以走了吗？"

霍维华点头道："当然，严大人请。"说罢，又做了个恭敬的"请"的手势。

严明转身向月门走去，并无人上前阻拦，待行至门口时，听见霍维华突然问了句："你可知我府邸昨夜遭窃？"

严明顿住脚步周身一震，故作镇定道："不知，是丢了什么紧要东西吗？"

霍维华笑着说道："倒也不是什么紧要东西，不过几封信罢了，那偷东西的女贼已经被我杀了。"

这句话恍如晴天霹雳，瞬间将严明打了个粉身碎骨。

吕昭死了！

竟之的声音好似风中飘落的树叶，颤抖着无所着落："吕昭……死了？"

严明浑身颤抖："死……死了？……死了吗？怎么会这样？"

他呆立原地，脑子里嗡嗡作响，转瞬一片空白。那个昨晚还跟他有说有笑的女子再也不在人世了，那个与他一同逛街、一起吃面的女子再也不会出现在他的面前，那个一笑起来颊边会陷落两个小梨涡的女子再也不会对他笑了，那个……那个说如果他能找出杀害吕宅一家的凶手就嫁给他的女子，再也不会回来了。

他听不见霍维华他们在说什么，或许他们什么也没说。他的视线我回到了北京，但还是不敢回家，如果没有猜错，应该有警察在我家附近守着。

我准备了压缩饼干、矿泉水、手电筒和一套衣服，前往上次避雨的山洞。

开始模糊，看不清周遭的一切。严明只觉得脑海里是一片白，眼前是一片白，人间是一片白，整个天地都是一片白。白茫茫一片，什么也不剩了。

男儿有泪不轻弹，只因未到伤心处。

啪！一滴泪落到他的手背。

严明这才清醒了些，狠狠握紧了拳，回身看着厅堂昏暗角落里躺着的三四个人，他们全身溃烂，不住地呻吟。方才罩在严明头上的麻袋一被取下来，他就看见了这几个人，不过出于保命没有开口相问。此时，他却偏要问个明白。

严明瞪着屋里那几人，沙哑着嗓子问道："屋子里那几个人，他们是谁？受了什么伤？"

因为这座山距离城镇不远，野兽出没的可能性小一点。为了延长手机电池续航时间，我长时间保持关机状态，每天开机一次查看最新消息。

霍维华大大方方道："是炼丹中毒的下人。"

严明咄咄相逼："炼丹都能中毒？那炼出来的丹药能吃吗？"

霍维华坦然得令人害怕："丹药里头有大量的水银，吃的人不会立刻暴毙，只会在吃完药后几个月甚或一年后才死。不过，他们活着的时候会备受折磨，生不如死。"

霍维华说完后，严明看到他的脸已经狰狞到扭曲，于是冷笑一声，问道："告诉我这些，你不怕吗？"

霍维华讥笑道："怕什么，怕一个死人？"

霍维华说罢一扬手，周遭立刻冲出三个人，远远地将严明围在其间，堵住了他的来路和退路。

看着阳光穿透树叶，
我的思绪常常不知道飘到了哪里。
面对警方，
我杀王显佑的证据确凿，百口莫辩。

严明倒也不慌，冷着脸继续问道："昨夜那个女子真的死了？"

霍维华戏谑一笑，点点头道："死了。"

严明目露凶光，死死地盯着霍维华，恨不得化身利剑贯穿霍维华的咽喉。

只见霍维华随意摆弄着拇指上的扳指，面上笑容未退，语气却异常冰冷："你和你的父亲一样，都很聪明，可有没有人告诉过你们一句话，叫'过慧易折'？"

看来一年前父亲诈死案与霍维华脱不了干系，不过听他那语气，仿佛并不知道父亲是炸死，于是严明也装作痛心疾首的样子，问道："你……你说什么？我父亲的死，与你有关系吗？"

霍维华将眯眯眼笑成了一道缝，但由于脸上横肉实在太多，远看面对监视者，是未知的深渊向我张开了血盆大口。
山里的时间很慢很慢，阳光闪烁下的瞬间也被无限拉长。
我在这漫长中挟择，也等待一个几乎不可能出现的转机。

过去，竟连那道缝也看不见了。

霍维华笑道："有关系，怎么能没关系呢？不过要说起根由啊，还是在你。"

严明大惑，问道："在我？"

霍维话道："可不。你当年，不就是被你父亲从朝鲜战场上捡来的吗？你说他一个杀人如麻的锦衣卫，居然会对个婴孩心软，实在是令人发笑。"

严明咬牙切齿："你连这都知道？"

霍维华懒得回答他这个问题，毕竟这已然是明摆着的答案。他似乎对严肃此前所为非常不屑，一脸鄙夷地说道："锦衣卫嘛，就该铁石心肠。若不能锻造铁石心肠，还做什么锦衣卫呢？你兴许转机真的出现了！

我收到了一条短信，署名李益才。

兴奋、激动大过了警惕。我虽然心里没底，

但还是抱着一丝希望去了他提供的位置。

没想到真的见到了李益才。

不知，自你父亲将你从朝鲜战场捡回来，他身上似乎多了个软肋，你知道这软肋是什么吗？"

严明没有回答他，于是他自顾自地说道："他的软肋就是孩子，他突然对婴孩心慈手软。所以，在他外出查案的时候，我在悬崖上放了个孩子。那孩子哭得真是可怜，你父亲当下就心软了，待他孤身攀着悬崖去救那孩子时，他攀附的那面悬崖整个被火药炸毁。你是没看到那个盛况，可真是令人终生难忘啊！哈哈……"

严明怒不可遏，决定死战到底，将手扶在绣春刀上，正准备拔刀厮战时，天上突然砸下一记响雷，不远处又电闪雷鸣，吓得众人俱是一惊，竟一时无人敢上前与严明厮杀。三人与严明成掎角之势，僵持许久后，霍维华吼道："你们这些废物，还杵在那儿作甚？快上啊！杀了他，本官重重有赏！"

三人听了这话，一拥而上。

我参加过几次他们出版衣码读者见面会，见过李益才几次，也算是熟人，省去了寒暄。我们直奔主题他说起了王星佐和他写的这本书。

这本书中有很多秘密，它像是有意引导我们去寻找什么东西，又像是提醒我们不要去做什么事。

"宁死不屈！"

一声垂死呼喝，夹杂着喉间轻颤，逐渐被席卷而来的雷雨声掩盖。雷声轰隆，似山鸣地啸，不绝于耳。雨似铜珠，一滴，两滴，三滴……继而狂风骤袭，裹挟着雨珠铺天盖地砸下。乌云密布，不见天日，骤雨转瞬汇聚成溪，湿了那人鞋袜，湿了衣衫，湿了头发。

雨帘交织，似张张铁网。自网缝窥去，只见远处隐隐闪过鬼魅黑影，黑影越来越近，只听得簌簌几声，三个黑影已到跟前。刀剑出鞘，银光乍现，忽然电闪雷鸣，映着刀光剑影，映着一张张古铜色的脸。

严明左手扶着刀鞘，右手紧握刀柄，刀还未拔出，只见寒光一闪，一柄利剑直刺而来。未及多想，严明以刀鞘拨开长剑，纵身跃开，趁机拔出绣春刀。对方穷追不舍，刀剑相撞，声如裂石。

离开时，他递给我一张菜单，我接过菜单，捏在手心，隐约看到菜单背面写着什么东西，我赶紧把它揣进兜里。

回家后摊开看，上面写着他的电话号码。

又一把剑斜刺而来，严明避之不及，胸前衣襟被剑刃划破。

短短三五回合，严明已然无从招架，他左支右绌，应付不及，眼见一人双手持刀，朝着自己面门劈来，却无从躲闪。他全身衣服早已湿透，雨水和冷汗顺着额前发丝流下，长刀倒映在他的双瞳，越来越近，他无力地闭上了双眼。

梦境！这与几日前的那场梦境完全暗合！

可是在现实里，却出现了一个梦里没有出现的人——林天保。

林天保一刀挑开严明身前的宽刀，一边将他拉起，一边嘶吼道："你是疯了吗？敢一个人来这儿！"

雨水将严明从头到脚浇透，额前两缕发丝上水流如注，直流到他的眼中。他木然地看着林天保，转而又看看院中，见林天保带来的十余名锦衣卫与霍维华的人厮杀成一片，竟连严肃也来了。方才围堵自己的那三人，一人被林天保砍死，尸体就倒在严明身侧，剩下两人也在与锦衣卫的厮杀中受了伤。除那三人外，这院中还有七八个霍维华的人，此时皆举着刀剑与锦衣卫对峙。

严明突然大吼一声："啊！我要杀了他！我要杀了他！"说罢提着刀在院里横冲直撞，像是在找什么，一边找，一边疯狂嘶吼："出来！出来啊！霍维华，你给我滚出来！"

林天保提着绣春刀护在严明身侧，吼道："你怎么了？这时候发什么疯？"

突然，一道黑影闪到严明身前，他突然觉得手臂被一股强大的力量钳制住，一声怒喝在他耳边响起："严明！你给我清醒点！你看看你现在这样子，就算找到了霍维华，你能杀得了他吗？"

原来是严肃见严明情绪失控，担心他在厮杀中受伤，从混战中杀出一条血路来到他身前，将他紧紧地控制住。

林天保一时疏于防备，两柄利刃直接刺向严肃与严明。严肃手一挥，将严明甩出丈远，而他自己的手臂却被刀尖划破，鲜血汩汩流出。

严明这才清醒过来，大呼一声："父亲！"

严肃一边手握绣春刀与敌人厮杀，一边大声对严明说道："你要找霍维华便去找，只是莫要再发疯。你若是连自己的命也保不住，那你什么也做不成。你明白了吗？"

严明大声道："是，明白了。"说罢提着刀一间间地搜屋子，可是搜了半天也没见半个人影。林天保见他一时没什么危险，便决定先处理掉这些人再去帮他。

严明搜完一间间屋子，又在后院找了许久，一直找到后门，依旧不见霍维华半个人影。他已经找了半个时辰，出了一身冷汗，心里的那股子气渐渐发泄干净，只剩下满腔悲酸。

他提着绣春刀，耷拉着头，一步一步挪到院里。此时风雨未歇，而战斗已结束，林天保和严肃正带着锦衣卫在瓢泼大雨里清点尸体。

严明问道："你们怎么找到这里的？"

林天保从怀里摸出一封信递到他面前，道："还不是你告诉我们在时雍坊，我们到后就发现了这座奇怪的宅子。其实之前我们跟踪过的人也到过这个宅子，只不过那个时候线索太少，也就没有注意。"

严明脸色煞白，虚弱至极，却还强撑着问道："你们有没有霍维华的线索，我找不到他了。"

林天保见他神色有异，无奈地摇摇头。

这时严肃走过来说道："我们曾怀疑过霍维华，因为他是魏忠贤的人，我们当时也不好多说什么。万万没想到，这事竟然真的与他有关。"

严明这时才想起什么，对林天保和严肃说道："方才霍维华同我说，这里是他给魏忠贤炼制丹药的地方。那些丹药里头加入了大量水银，常人若是服用，会在几年甚至几月内死亡。"

闻此，严肃与林天保神色复杂地互相对视了一眼。严肃转身对锦衣卫吩咐道："来人！给我仔细搜！内院、外院都要搜查，不可放过任何一个角落！若是发现任何线索，即刻来报！"

锦衣卫齐齐应了声"是"，快速分散于整座宅院的各个角落，训练有素地开始搜查。

不时，青绿粽子林政抱着一大摞书信跑进来，想来是抢的其他哪个总旗或者小旗的功劳，气喘吁吁地说道："大人，我们在厢房里发现了这些信！"

三人接过信件，一封一封拆开仔细查看。

严明拆开手中的信封，将里头的信展开来看，忽然神色一凛。

林天保见严明神色有异，便凑过来看他手中的那封信，只见信中没头没尾地写着六个字。

言 大

田

十

思

林天保不解地问道："怎么了？"

严明对林天保与严肃说："我知道在哪儿，带上人跟我走。"

严肃什么也没问，只回身大声对宅子里的锦衣卫说道："留下几人清理现场，其他人整队跟严明走！"

七名锦衣卫立刻自宅院四方聚拢，跟在严肃与林天保身后，严明则走在最前面，一行人浩浩汤汤地走出了这座霍家宅院。

金城坊

我到了山海出版社，顺利见到了袁遥，
她给我讲述了李益才身上发生的事情。
在李益才编辑这本书时，整个人非常神经质，
一直说有人在跟踪他，监视他，
但是袁遥并没有发现任何不对的地方。

翌日，天晴。

严明寅时醒来，吕昭还在房中安睡。严明独自将昨夜翻乱的书整理好，又趁着天好，在院里洗了两件衣裳，见吕昭还没醒的意思，便又去街上买了两张大饼回来。正将大饼放在桌上时，吕昭转醒，自卧房走出。

严明扭头对吕昭说道："醒了？过来吃饭吧。"

吕昭看了眼院里晾的衣裳，说道："大人起得好早。"说罢也不与他客气，走到桌旁，拿起一张大饼就吃了起来。

吃完饭后，吕昭也不问严明接下来要去哪里，只跟在他身后走便是，这是几日来他们之间的默契。

五月杨柳夹道，柳絮纷飞。二人骑在马上，相谈甚欢。

吕昭看向严明，笑着问道："大人，你们锦衣卫平日里都做些什么呢？"

她甚至一直觉得李益才已经疯了。直到有一天，李益才突然失踪，她才觉得可能李益才说的都是真的。在李益才失踪后，据警方说他丢了一些东西，但是因为她没有跟李益才住一起，并不知道具体丢了什么。

严明答道："有的人一天到晚查案，有的人一天到晚插科打诨，还有的人一天到晚无所事事。"

吕昭笑问："那你呢？"

严明答道："看书。"

"就只是看书？"

"偶尔也查案，但查得不多。北镇抚司里人人都说我查案能耐不足，所以上头很少给我派发案子。"

"他们浑说，我觉得大人查案很厉害。"

严明被她这句话逗笑了，说道："也不全是浑说，多少有些依据。对了，那你呢？你平日里在吕宅都做些什么？"

吕昭听他问及吕宅，不觉神色一黯，但仅仅一瞬，便又恢复了明媚色彩，笑道："我吗？平日里也就扫扫庭院，做做饭，没事的袁翟说的这些无疑都是真话，因为这一段时间我也在经历被跟踪、监视，直到现在，我可能正赤裸裸地暴露在某人的眼下。只不过我尽量使自己保持冷静，像个正常人一样，为了最后一点尊严。

时候躲在主人的书房里看看书。有时护院有事出去了，我便守在外院护家守夜。"

严明笑道："倒也不无趣。"

二人一路说笑，却又心照不宣地都不提昨晚之事。不一时，便到了金城坊。

金城坊位于城区以西，因与那"黄圈圈"靠得近，是以这里很是住了些达官显贵。严明与吕昭下了马背，拉着缰绳行走在街市上。但见街上行人往来络绎不绝，街道两旁商户林立，房屋鳞次栉比，颇有些"财大气粗"的韵味。

对此，严明很是犯难。在这么个繁华街市上，要找个线索不次于大海捞针，何况这里会不会有线索还未可知。在来金城坊的这一路上，严明心中一直琢磨着昨夜与那两人之间的对话。

"要将真相告诉她吗？"竟之突然问。

太着急想记录袁遥的话，前面漏掉了那天见面的场景。
从见面那天后，我就不断梦到同一个画面，
画面里袁遥坐在会客办公室的对面，
有了些年头的桌面漆皮氧化得很严重，棕一块，黄一块。

严明诧异道："什么？"

竟之又道："她跟着'我'，无非是想找出杀害她家主人的凶手，若她发现凶手近在眼前不知有何感想。"

严明沉吟片刻，突然想到一事，于是说道："为什么我查吕宅的案子会与父亲他们查检举魏忠贤的案子路线重合？昨夜父亲和林兄分明没料到我会找过去，父亲一向严谨，他若是不想让我找到他，就一定不会让我那般轻易地发现他。"

竟之道："吕宅的案子兴许只是个引子，只为了将'我'卷入这件事。这几天查到的证据似乎是为了揭露一个更大的阴谋，这个阴谋具体是什么却无从查证。兴许与陷害魏忠贤有关，兴许与山海关驻军有关，兴许与社稷有关。这三者无一事小，无论是哪一件都足以改变庙堂格局。"

严明冷笑道："既然有人专程为之，那我也不用着急了，背后的那只老黄雀自会将线索送到我面前来，我只需静静等候便是。"

袁遥一边说话，一边用手指轻轻敲击桌面，引得我不得不注意，但当时我急于从她口中再听到些什么，无心留意她的手指在桌面示意什么。

竟之道："正是如此。"

严明想着反正有人将线索送到自己手上，一时心下放松，索性与吕昭在街上闲逛起来。吕昭毕竟很少出家门，无论见着什么都觉得新奇万分，定要凑过去好好瞧一瞧。严明此刻闲来无事，也乐得陪她开心一回。他二人起初还扭扭捏捏，孤男寡女行在街上似乎有些不妥，怕被人瞧见了误会。可逛着逛着，渐渐地便将那别扭抛向了九重天外，只剩下满心欢喜。

及至晌午，严明指着路边的一个摊子道："他家的面很好吃，酒也不错。"

于是二人欣喜地在小摊落了座，一人要了碗臊子面。此外，严明还要了壶酒，想着一边优哉游哉地喝酒，一边等着那线索自己送上门来。

吕昭吃完面后，再没有多余的兴致在街上闲逛了，有些心焦地问严明："大人，我们今日没别的事吗？若是没有其他事，我想回去看看家主后事料理得如何了。"

会客室朝外的一面是一整块落地磨砂玻璃，
能看到外面来来往往的人影，
看起来山海出版社的业务很繁忙。
现在回想起来，可能隔墙有耳。
有些话既不能通过之前的快递告诉我，也不能说出来。

严明此刻也等得有些不耐烦，暗道："这线索怎么还不来？"可他脸上依旧无波无澜，故作深沉道："若那边有事，你就先去吧，这儿也没什么线索。"

吕昭正待要再说些什么，严明忽然将食指放在唇上，示意吕昭暂时不要说话。

严明在听邻桌聊天，聊的是太仆寺少卿霍维华。只听得一人说道："这太仆寺少卿霍维华，也不知从哪儿学来了仙术，正在炼制那长生不老药，好像很缺药材，现在正满京城地找新鲜药材呢！这京城里啊，但凡有点儿渠道的药贩子，都在帮霍维华找药材。"

另一人问道："他做这长生不老药是要给谁啊？"

那人一笑，答道："霍维华是魏忠贤党羽，还能给谁？"

另一人又问："那霍维华现在要找的是什么药材啊？看看咱们能不能趁机捞一把。"

袁遥和李益才两人都是明史和推理爱好者，因为这个爱好，他们工作以后走到了一起。两个人都在山海出版社工作，后来袁遥开始自己写点儿东西，偶尔也去做做讲座。

那人答道："这可说不准，你自己去打听打听吧。想来也不会是什么好找的东西，不然也不会发动全城的人帮他找。"

听到此处，严明示意吕昭随自己离开。待行至小摊外，严明问吕昭："你可曾听说过霍维华这个人？"

吕昭摇头道："未曾。"

严明又问："那你以前在吕家时，可听说过你家主人与姓霍的人家有来往？"

吕昭依旧摇头。

严明似乎还不死心，盯住吕昭继续问道："那你可曾听说过，你家主人最近在找什么罕见的药物？"

吕昭先是摇头，而后忽然想起什么，又点了点头，道："我家主人前些日子确实去过外地，好像是去问有没有什么东西。可具体是什么，我也不清楚。哎，我们做奴婢的哪儿敢多问。"

临走时，她给了我一张名片，
不过手机号没有直接写在上面，
而是隐藏了一下，还挺有意思的。

严明思索片刻，叹气道："罢了，先随我去了再说。"

吕昭跟在严明身后，问道："霍维华是什么人？"

严明答道："魏忠贤的人。近两年在频繁弹劾东林党。"

吕昭有些好奇地说道："我还以为你从不关心朝堂之事，没想到竟也有些了解。"

严明道："家父曾与他有过交往，所以我也略知一二。他的宅邸就在前面。"

二人骑上骏马向霍宅飞驰而去，虽时值五月，刮过的风却冷如冰刀，削过行人的眉间发梢。竟之的声音再次响起："此事果真与霍维华有关？"

严明道："八九不离十。一年前父亲诈死的那个案件也与他有关，这金城坊里有他的一处私宅，我曾查到过那儿。老匹夫狡猾得很，说起话来口蜜腹剑，装得人模狗样，当时竟让他蒙混过去了。"

我临走前又问了她一遍，
有没有什么线索显示李益才去哪里了。
她只说，李益才临走的时候说了四个字：
"背景分明。"

说起霍维华，在局外人看来，倒是与严肃颇有些交情。他二人因着同为魏忠贤效力，常在公事上有所交集，加之霍维华此人极为油滑，时不时借着公事的由头邀请严肃去他府上一叙，且不害臊地呼比自己小一岁的严肃为"兄长"，时日一久，众人便觉得霍维华与严肃私交甚好。加之二人本属同一立场，众人便更觉得这般交往乃是理所当然，因此也从未有人觉得霍维华的殷勤有何不妥之处。

一年前，皇宫丢失了一件极其珍贵的宝物。据说当今圣上极为看重那件宝物，要求魏忠贤务必派人在半月内将宝物寻回。究竟是何宝物，众人无从得知，整个皇宫从后宫嫔妃到宫女、太监，皆不知圣上丢了何种宝物，只知圣上当时极为生气，罚年迈的魏忠贤在宫门外跪了一整夜。待到第二日清晨，圣上派人给了他一块金牌，并传话说："若能查明此事，魏卿可留名史册。若不能查明此事，魏卿或许会遗臭万年。"

圣上只撂下这么简简单单一句话，众人皆不懂其中玄妙之处，可魏忠贤心里却是一清二楚。那日午后，魏忠贤到北镇抚司与田尔耕密聊许久，直到月上柳梢方才离去。待他离去后，田尔耕又与严肃、林天保密谈整夜。第二日，便叫人放出话去，说圣上丢了颗极为罕见的夜明珠，那夜明珠原是要为贵妃点缀珠钗用，举国上下仅此一颗。可这事与家国天下比起来委实算不上大事，公然说出来怕是有伤龙颜，是以所有行动务必秘密进行。说是秘密进行，可这消息却不胫而走，转眼便传遍了大街小巷。

霍维华知道严肃在查夜明珠的事，一向财大气粗又狗腿的"老兄弟"想要献个殷勤，邀请严肃到他府上去欣赏珍宝，说若是寻不到圣上丢失的那颗夜明珠，便将霍宅最珍贵的宝物赠予严肃，让他呈给魏公，再献于圣上，以悦龙颜。

严明当时听了他这番说辞颇觉滑稽，当时还在严肃面前嗤笑道："圣上丢了颗举世闻名的夜明珠，纵使他献上的宝物再珍贵，也终究比不过那颗夜明珠。他这般行径好似小丑跳梁，莫名地令人发笑。"

严肃训斥道："莫要浑说，都是替魏公办事，若是有了嫌隙，日后在处理公事时难免会遇到些不必要的麻烦。"

严肃说罢，便提着绣春刀独自去了霍宅。当严肃抵达霍宅后，霍维华却并未急着带严肃去欣赏珍宝，而是大摆筵席请严肃坐上座，席间一边劝酒一边问严肃："严兄，圣上当真是丢了颗夜明珠吗？"

严肃答道："自然。"

霍维华又递过去一杯酒，一脸谄媚地对严肃说："严兄可知道那夜明珠与寻常夜明珠有何不同之处吗？为何说那是世间独一无二的呢？"

严肃答道："这颗夜明珠，据说是一位法师专程去南海求来的。一到夜间，此珠便会发出五彩光芒，好似神佛现世。"

霍维华诧道："还有这等奇事？"

严肃道："最奇的还不是这个。"

霍维华又问："那是什么？"

严肃道："据说将此珠磨成粉入药，有延年益寿之效。若是病危之人服用，更有起死回生的奇效。"

霍维华大讶："果真？"

严肃道："自然。不然圣上为何会为了颗珠子那般气恼？"

霍维华道："那也难怪了。如此奇珠，只怕我那满室珍宝在它面前都要黯然失色，若是贸然将这些俗物献于陛下反而不妥。"

严肃道："是这个道理。"

那夜，严肃在霍宅喝到半夜方归，那时严明早已睡下。严肃在严明房门外立了许久，方回到自己的卧房歇息。

两日后，严肃听人报来消息，说"夜明珠"被金城坊的一个篆刻印章的匠人盗了去。严肃立刻带人赶往金城坊抓人，那匠人早已逃走。严肃带着大队人马前往那匠人的家捉拿，谁料半道上却遇到一批杀手，那些杀手各个身手了得，严肃一不留神坠崖"身亡",尸骨无存。

严明处理完严肃的丧事后,独自一人前往那匠人家中,将住宅里里外外搜了千百遍,终于在一处暗格发现了半枚雕残的印章,那半块印章上刻着四个字——受命于天。

严明大惊,竟在此处发现传国玉玺的雕刻残玉,也就说明,有人要伪造传国玉玺。那么圣上遗失的并非是什么举世无双的夜明珠,而是一封非常重要的奏折,这封奏折盖上了传国玉玺的玺印!严明见暗格处还有一大包银子,银子里夹着张纸条,写着"纹银五十两,收自霍宅刘莫虚"。

见此,严明立刻前往霍宅,逼问霍维华他家里可有个叫"刘莫虚"的人。那霍维华一脸惭愧地说道:"哎,贤侄啊,什么刘莫虚,我是听也没听说过啊。你最近在查你父亲遇害的案子吗?可是有什么线索了?"

严明一脸冷色道:"还请霍大人如实告知,贵府可有个叫刘莫虚的人?"

于是霍维华将府中上下悉数叫到院中，又将府中下人名册给了严明，让他一一排查。可严明翻来覆去将人查了个遍，也没发现叫"刘莫虚"的人，最后只能无功而返。

这件事，一年来一直是严明的心结，他不愿再向任何人提起，可心里却一次次回想那日的情形，从未忘记。

五月的风吹起他的衣摆，吹得他心内阵阵生寒。

竟之在严明耳畔说道："这几日所查之事皆与药材有关，而霍维华恰好在贩卖药材。如今看来，父亲一年前诈死之案与如今陷害魏忠贤之案本属一案。究竟是有人要翻一年前的旧案，还是……当初那件案子除了父亲和林兄，还有其他人这一年来一直在查？"

严明道："后者可能性更大。可霍维华本就是魏忠贤的人，他为何要加害魏忠贤？另外，幕后查这案子的究竟是何人？目前，我根据线索查到此处，竟连那幕后势力的一丝痕迹都未曾发觉。"

竟之道："昨夜林兄说，当夜他们将吕家灭口后并未留下任何纸条，这纸条定是幕后之人所留。我们错过了揪出幕后之人的最佳时机，当时只道是凶手留下的，没承想，竟是那坐收渔利的'渔翁'下的饵。"

严明道："看来无论是我，还是父亲和林兄，所做的一切似乎都是在为他人做嫁衣裳。如今父亲回来了，杀死吕家十口的凶手我也已经知晓，实在没必要再继续查下去。"

竟之道："可是不查又不行，'我'已经卷进来了。除非这一切尘埃落定，不然'我'便一直不能抽身。"

严明听得后背发凉，不禁说道："可我觉得事情远没有那般简单，魏忠贤在朝中只手遮天，要害他的人比比皆是，本就不算是什么不为人知的秘密。只是魏忠贤牵扯太多，可能半个朝堂都要牵扯其中……"

竟之道："霍维华本是魏忠贤的人，如今竟倒戈得这般彻底，想来莫名令人胆寒，不知还有多少戴着假面的'自己人'躲在暗处，日后言语务必谨慎。"

严明道："如今父亲回来了，许多事情不需要我再去操太多心，只等手头这事了了，便又可回到最初的日子了。"

竟之道："但愿吧。"

柳絮因风起，打着旋儿落满行人衣衫，仿佛是沾染了一身盈盈白雪，似有倒春寒。

不一时，严明与吕昭二人便行至霍宅门外，吕昭问他："我们现在要怎么进去？"

严明没回她，径直走向大门，举起拳头便开始砸门。吕昭许是从未见过如此明目张胆的砸门手法，一时间错愕不已。

片刻后，大门内伸出一颗脑袋，眼巴巴地看向他俩，问道："二位是何人？有何贵干？"

严明解下了锦衣卫腰牌递到那人眼前，道："就说是锦衣卫严明求见。"

那开门的人一听是锦衣卫，连连赔笑道："爷，您稍等，我这就去通报。"说罢飞也似的跑向院内。

吕昭目瞪口呆地看着严明，一时还没有反应过来，只见那门吏再次跑回，将门自内打开，恭敬地对二人说道："严大人，我家大人有请。"

吕昭与严明跟在那门吏后头，绕过一段青石板小径，转眼便来到前厅。

严明一眼就看见坐在上首的霍维华，圆脸盘子眯眯眼，半张脸上全是胡子，合中身材，穿着一身绯红便服，像个吉利的门神。严明一见着他就对他躬身行礼道："锦衣卫总旗严明拜见太仆寺少卿大人。"吕昭也跟着向霍维华作揖行礼。

"门神"霍维华原本端坐上首，昂着脑袋摆官谱儿，这时见了严明行礼，赶忙下座将严明扶起，一边扶一边笑说："哎呀，贤侄快快免礼。快快入座吧，这位姑娘是？也请落座吧。"说罢又转身对下人说"快快上茶"。

严明没推辞，任由霍维华将他推到座椅上，吕昭却没有落座，而是安静地站在严明身后。待严明坐下后，霍维华一手拉着严明，一手揩眼泪，悲痛地说道："贤侄，我对不住你呀！去年是我考虑不周，才让你父亲陷入险境，如今你……哎，我对不住你啊……"

严明正想敷衍他两句，对他心口不一地说没事，父亲只是履行了他作为锦衣卫千户的职责罢了。可他还没来得及开口，那霍维华便又喋喋不休道："贤侄啊，我看你气色不大好，你近来身子如何？哦，对了，锦衣卫的薪俸够花吗？需不需要我给你些银钱资助？北镇抚司有人欺负你吗？哎贤侄啊，你有什么需要，可一定要跟我说啊。"

严明被他问得实在不耐烦，冷着脸开门见山地说道："大人，我这次是为公事而来，有几个问题想问问您。"

那霍维华见严明一脸正经，丝毫没有与他套近乎的打算，心下对严明意图已经了然，回了上座，敛了敛笑说道："贤侄有什么想问的，直接问就是。"

严明问道："听闻您最近在四处求购药材炼制丹药，我能问问炼的是什么丹药吗？"

霍维华倒丝毫不避讳，坦言道："近些年，我一直在为魏公炼制丹药，也在四处寻求药方。去年，我从一位西域高僧手上求得一张号称可以延年益寿的方子。这方子若使用得当，还可长生不老呢。我见到的那位高僧据说已经上百岁，可我见他依旧神采奕奕，哪像个年过期颐之人，分明刚过五十。于是我便想按这个方子炼药献给魏公。"

严明漠然点头，继续问道："听闻整个京城的药铺都在帮您找药材，这药材这么难找？"

霍维华解释道："毕竟是西域的方子，大半儿的药材别说难找，我在这京城内连听都没听说过。实在没法子，才发动京城所有的药铺和药贩子帮着一起找。"

严明忽又想起一事，问道："大人可曾听说过北居贤坊吕家？是一家自江南地区来的药商。"问罢斜眼瞟了一眼吕昭，见她脸上闪过一丝惊讶，但转瞬又当作什么都没有发生。

霍维华像是在努力回想是否曾与这姓吕的药商打过交道，想了片刻方道："哎，这京城的药商至少三五百个，我也不是全都认得。就算曾打过交道，也未必还记得人。何况，这收药的事情也不是我亲自去做，这不还有底下人嘛。"

他这番解释倒是合情合理，严明也懒得去抠他那些细枝末节，转而对霍维华说道："您能带我去看看炼丹的地方吗？"

霍维华听后面露难色，支支吾吾道："这……那地方并不在城内，且有官兵把守，怕是不方便……"

严明见他如此，心下了然，立即打断道："无妨，我只是好奇，随口问问。"

二人又寒暄了几句家长里短，末了，严明起身准备离开，太仆寺少卿大人让下人上的茶却还没端上来。

霍维华从上座下来，对严明亲切说道："贤侄，有空常来啊。"

孰料，严明突然抬头问霍维华："大人，您知道我父亲是怎么死的吗？"

霍维华一愣，反问道："不是坠崖吗？"

严明唇角浮现一抹轻笑，没说什么，带着吕昭离开了霍宅。

"我得回一趟北镇抚司。"出了霍宅后，严明如是说道。

吕昭问道："是发现了什么线索吗？"

严明答道："嗯。回去找林天保，让他帮个忙。"

吕昭又问："是不是还有什么事情需要处理？我可以帮得上什么

忙吗？"

严明如实答道："我怀疑霍维华对我有所隐瞒，他那儿应该还有些别的线索，所以我想找个人夜潜霍宅，看看能不能再发现些什么。"

吕昭道："我去吧。"严明正想反驳，岂料吕昭接着说道："这件事与我的家主有关，由我去做合乎情理。何况，你的功夫不如我，自然不能让你去。而现在我们若是去北镇抚司找了人再来，只怕会错过查案的最佳时机。"

吕昭这话说得合情合理，且合乎办案逻辑，严明实在没理由反驳她，便只好答应下来。只是一颗心七上八下，实在不放心让她去以身犯险。

清风送走晚霞，油灯迎接夜幕，转眼已至人定。

严明与吕昭站在夜色里，一遍又一遍地回忆霍宅的院内结构。严明一边说着，一边拿手里的绣春刀在半空中比画着，仿佛这样就能将霍宅地图给吕昭画出来。

二人等候在霍宅院墙之下，眼见着霍宅的灯亮了又熄，吕昭才借着严明手臂给的力量翻进霍宅。

吕昭去了许久都没有回来，严明等得心急如焚，此时无比后悔让吕昭去犯险。这霍宅院墙虽说不高，可凭严明这半吊子功夫也实在难以翻进去，严明试着翻了好几次，皆以从院墙半腰处摔下来告终。他坐在地上不敢出声，大口喘着气，只觉得心头压着一块巨石，使他难以呼吸。他不知道这种情绪叫作什么，只知道上次有这种情绪时，还是去年听到父亲去世的那一刻。

等了许久之后，霍宅内突然传来响动，继而亮起一片火把，点亮了半边天。严明听见院墙内声势浩大，人声嘈杂，顾自呼了声"不好"，拔腿朝着事先与吕昭约定的门口跑去。到门口后，严明拔出绣春刀想要冲进去，奈何那门从里面别住，任外头如何推也推不开。正当严明心急如焚、冷汗直流之时，那门突然被人从里头打开，吕昭跑了出来！

严明见着她出来，一时又惊又喜，问道："你……"

话还未说出口，吕昭直接将一包东西塞到他怀里，说道："我们分开走！你拿着这包东西去北镇抚司，我去城外引开他们。"说罢不等严明问话，飞快跑远，不到片刻工夫，便见从霍宅内叫嚷着冲出一大群人。

严明没敢耽搁，拔腿就往内城跑，跑得气喘吁吁、汗流浃背，忍不住停下脚步回望。这一望，严明愣住了，发现身后根本没人追他。严明靠着一棵大树喘了口气，将吕昭给他的包裹打开，见里面是两封信。

却还是着了风寒
近日正味着药呢
逗药着实实苦涩
非就着冰糖不能下咽
喝了半月却还不见好转
兄近日在作甚
也不来吾这儿坐坐
哎一个人住着好不寂实
吾封赦所有的药材名字
友念君之人

只字片语愿君亲启

近日气候偏冷 寒风呼啸 霜凉千里

君院湖水结冰经久不化

似一面无波无澜的镜子

终日照着吾这病骨残躯

吾犹记得今岁三月庚中老槐抽了新芽

碧绿盈盈甚是可怜可爱

那株桃树也吐了新蕊

原想待它盛放时折下几枝

酿两坛桃花酒与兄共饮

五味子·石斛·金银花·送防风·生地·半边莲·连翘·

仙鹤草·到茅术·菟丝子·碎骨子·蛇莓·鸡骨草·商陆·

玉竹·时热地·当归·紫花地丁·柴胡·羌活·白芍·

白芷·月桂子·酸枣仁·雍水苏·千日红·川木通·

三七·川芎·坊刀豆·人面子·秋海棠·薏苡仁·太子参·

咸宜坊

连下了一周暴雨，北京少见的天气。

我没有出门，除了送餐小哥也没有和其他人接触。

我总是半夜惊醒，其他算是一切正常吧。

日渐西斜，天光骤减，树叶在斜阳下投落斑驳的影。

大街之上，小贩叫卖依旧，娘子意兴阑珊，道旁乞儿们有的打起了盹儿，有的依旧磕着头求那过往的大爷施舍一二，却终究少人理睬。

熙熙攘攘的皇城路上，马蹄踏过之声尤为刺耳，与那原本的嘈杂声截然不同。

众人驻足看时，却见迎面来了对男女。那男子约莫而立之年，身材颀长，一身布衣，长得虽颇端正，却是个冰块儿脸，一看就不是个好相与的。再看那女子，只十七八岁光景，身材窈窕，面容清秀，双颊泛着微红，双目透着水波，倒甚是可人。

那男子沉默不语骑着马走在前头，那女子垂首乖乖另骑一匹跟在后头。二人分明是一路，为何却连句话也不说？

于是有那经验颇丰的小贩对比邻小贩说："看见没，来了对儿闹脾气的小两口。"

这种"人为刀俎，我为鱼肉"的感觉再次出现，
是我前两天取外卖时在小票上发现了一串数字。
这串数字正好对应着书上的内容，
但愿你没有遇到这种问题。

另一人问道："你咋知道是小两口，万一是兄妹呢？" 哈哈

"一看你就没成过亲，这都看不出来啊？你看，大街上这么突兀
地冒出一男一女，男的自己走在前头，女的在后头跟着，分明是
小两口拌了嘴的架势。有哪家兄妹这样儿的？"

"倒也是。你说，这姑娘长得恁俊，他一大老爷们儿也不晓得让
着些。"

"这你就不懂了，女人有时候也挺麻烦，尤其是那漂亮姑娘，看
着娇滴滴的，撒起泼来还指不定啥样儿呢。"

这话让倚在栏杆处的娘子听见了，扭扭捏捏走过来骂道："呸！
没脸没皮的东西，净在这儿胡扯。你没见那姑娘泪眼汪汪？分明
是受了天大的委屈！"

又一娘子索性扯高了嗓子说："那么俊个姑娘，也舍得让人受委
屈呀！怎的这般不解风情，没半点儿君子之风？"

咸
宜
坊

京城民众向来无聊，遇着点儿自我感觉有趣的事情，必定调笑一

五

番。这不，起初才几人胡乱闲谈，无奈三人成虎，这一路竟有不少人看这"小两口"的笑话。

那骑马行过之人，正是严明与吕昭。任众人想得妙趣横生，说得天花乱坠，严明与吕昭两人，不过是一个不想说，一个不敢说罢了。

严明向来性子冷淡，在外人面前实在无话可说。更何况，他心里揣着事儿，吕宅命案尚无头绪，指引自己来这地方的那张纸更是毫无根据可言，不知哪里能寻到线索，越想心越乱，便愈加不想说话了。

"接下来要去哪儿？"竟之平淡的声音又在耳畔响起。

严明道："不知道。"

"在吕宅死者身上搜出来的字条太明显了，像是有人专门留下的。"

"嗯，我也这么想。但是那字条只让我来咸宜坊，可到了咸宜坊后究竟要去往何处，我却不知。我手上的线索太少了，不知道接下来该从何处入手查起。"

竟之安慰道："莫要慌张，既然有人专程引'我'来这儿，想必那人不会让'我'无功而返，且小心留意着，说不定在哪个不起眼的角落里就会意外地发现线索呢。"

严明在大街上信马由缰，四处张望，看会不会发现什么"意外"。而吕昭则安静地跟在他身后，维持着做婢女的本分——不能走在别人前头，不能问别人不说的事情。正是如此，更让严明不自在，自己没带过姑娘上街，不晓得原来带姑娘上街如此尴尬，只觉缕缕寒流萦绕在二人之间，冷入骨髓！

"严明，你怎么在这儿？"

无所适从之际，严明听得一声问询，扭头一看，竟见着个熟悉的身影，长得俊朗健硕，宽肩窄腰，穿着一身精干黑衣，腰间佩着把绣春刀。大概是因着其常年练武的习惯，即便没有与人搏斗，右手也始终扶着刀柄。他是锦衣卫千户林天保，也是严明父亲生前的弟子与挚友。

整个北镇抚司，除了严肃，就属林天保最有能耐。如今严肃已逝，锦衣卫内部便有传言，说下一任指挥使非林天保莫属。对书架突然塌了，这个书架已经用了六年，经过五次搬家，之前也没发现任何损坏迹象。如果有人故意为之，我每天都待在书房，怎么会没有察觉？

此，林天保不过一笑置之。这锦衣卫内部的勾当，哪个不知，哪个不晓？猜忌有之，诽谤有之，阿谀有之，唯独缺了"磊落"二字。向来只听说那会使手腕的身居高位，何曾听闻有人仅凭着一身真本事就谋得要职？

细想起来，严明初见林天保时，自己刚过十岁生辰。林天保也不过长他几岁，未及弱冠，一副少年姿态。

严明记得那日，春风和煦，吹绽满院桃花，恰是读书睡觉好时节，自己横躺在一棵歪脖子树的树杈上打盹儿，伴着花香鸟鸣，好不惬意。迷迷糊糊听见父亲的脚步声近，比往常还多了个人的脚步声。若是往常，父亲见着他这般疏懒，怕是又要气得跳脚将他臭骂一顿，但那日竟然破天荒没有骂他，而是语气平和地喊道："严明，快起来见过你林兄长。"

严明这才睁眼，从树杈上跳下，见父亲身后跟着个十三四岁的少年，一身黑衣，眉目俊朗，腰间佩着的那把绣春刀尤为醒目——他才这般年纪，竟已入了锦衣卫。

"这是你林叔的孩子。你林叔是我过命的弟兄，曾与我一同出生

我感到某个时间点，
或者说某个事件以脚步在同我靠近，
希望我也能快点找到真相。

入死许多次，后来在朝鲜战场上不幸罹难，家中只留下这么个孩子和他的母亲。你林兄长可比你出息得多，小小年纪，武艺精进。这不，前两日已经入了锦衣卫，假以时日定不可小觑。"

严明淡然地"哦"了一声。

严肃立刻板了脸道："以后你林兄长每日会过来与我练武，你也学着些，莫要再偷懒了。"

严明依旧不咸不淡地"哦"了一声，算是口头应承了。然而，嘴上应得好，行动上却依旧如往常，甚至比以往更甚，每至练武时分，便躲得老远，要么寻个舒坦的地方睡大觉，要么找处阳光充足的地方看书。严肃每每见此，定要吼着嗓子责骂他几句。可严明自小没什么情绪，任严肃吼声震天，严明也不哭不闹，不做反应，这让严肃更加为难，拿他毫无办法。

林天保来的这些时日，常在严肃气得跳脚之时宽慰他道："师父莫要生气，这世上倒不是人人都适合习武。既然严明爱看书，便让他看去，反正军户出身，几年之后也不怕不能在锦衣卫谋个差事。若是有人敢欺负他，横竖由我护着就是。"

本不过少年口中的一句夸夸之谈，严肃没放心上。日后才知，当初十三四岁的少年，竟也一诺千金。

林天保不仅在习武上天分过人，在办案上也智慧超群，加之勤奋刻苦，不似严明疏懒成性，进入北镇抚司短短几年，便从小旗升至总旗，而后更是平步青云，一路升迁百户乃至千户。严肃过世后，林天保便代替严肃，担起保护严明的重任。在这北镇抚司，若非林天保担着，仅凭严明这身稀松三脚猫功夫，怕是得受尽欺负。

有一回，严肃生前教过的几个总旗对严明极为不满，认为严明过于冷漠，自己父亲遇害后一不痛哭，二不长跪，居然还找了个角落看书，简直枉为人子。他们替严肃不平，便私下谋划将严明引到司衙后头无人处，对严明好一通拳打脚踢。这一幕恰被林天保看见，他飞身而出以一敌众，仅用刀鞘便将几个总旗撂倒，甚至将其中一人打成重伤，那人卧床大半个月才痊愈。众人见林天保待严明这般好，都私传这林天保是严明的亲哥哥，甚至连那死去的严肃也不放过，给他编排出好些个艳情故事来。

咸宜坊大街上，严明陡然见着林天保，一时呆愣，对他的询问未做回应。只见林天保踱步走近，轻松笑问："听北镇抚司的人说，田尔耕大人让你去查吕家灭门的案子，怎么来这儿了？"

严明紧绷的脸松弛了几分，从马背上跃下。吕昭见了，也很懂事地下了马背。

对于林天保，严明倒不似先前那般冷漠，总愿意多说那么几句话。他将马缰绳在手上绕了几圈，除去那首七言诗，余下皆一五一十对林天保和盘托出："午前便去了吕宅，见着吕家在籍十人尽皆被杀，死状惨烈。从那十人衣内胸口处各掏出一张写着一个字的白纸，连起来正好是一句话，指引我来了咸宜坊。"

林天保面露疑惑："哦？是吗？凶手还留下字了？"

严明点头："嗯。"

林天保见严明身后跟着位姑娘，便饶有兴致地打量起来，见这姑娘颇有几分姿色，心满意足地笑了笑，而后故作诧异地问道："哪来的姑娘，为何跟着你？"

严明道："她是吕家从朝鲜买来的丫鬟，没有入籍。现在整个吕家，也就她一人还活着了。"

林天保扼腕叹息："哎，可惜了。"

严明问："可惜什么？"

林天保绕着吕昭走了几圈，上下打量了几番，方道："可惜了姿色这么好的姑娘，如今没了主人，只能去那风月之地讨生活了。"

严明耷拉张脸，不动声色。

林天保继而转身对他笑道："不如，你把她娶了如何？也免她受流离之苦。反正你未娶，她未嫁，这姑娘长得不错，你娶了她也不算委屈。日后冬夏晨昏，也有个人为你做饭添衣。"

严明脸上青一阵红一阵，被这突如其来的调侃弄得不知所措，倒是吕昭大大方方朝二人躬身道："若官爷能找出杀害我家主人的凶手，吕昭愿意。"

林天保被吕昭这一句话逗得发笑，用胳膊肘碰了碰严明，道：

"你看，人家姑娘都说愿意了，你倒是也表个态呀。"

严明故意将头偏往别处不看他俩，讪讪道："你又不是不知道，我在锦衣卫这些年，哪里破过什么案子？"

林天保有意逗弄他，于是对吕昭说道："若是我破了这案子，你是不是也跟我走？"

吕昭倒是毫不避讳，对着林天保行了个礼，说道："奴婢愿意。"

林天保见严明脸色更差了些，便越发得意道："严明，听见没，你若是不努力，待我破了这案子，吕姑娘可就归我了。虽说我家中已有两房夫人，再多一个，也还是养得起的。"

独行近三十载，终究非是无情种。但此情此景，命案当头，实在不是说风月的时候。严明轻咳一声，故意岔开话题问道："好几日不见，你又来这里做什么？"

林天保这才褪下轻薄相，换上一脸正经，答道："前几日收到一封检举魏公的秘信，这几日一直在追查此事。"

又是秘信！

严明心里陡然一惊，但面上仍旧毫无波澜，问道："顺利吗？"

林天保道："昨儿收到线人来报，说这事和咸宜坊一家药铺有关，所以今儿一早我就带人过来了，谁知到了以后发现早已人去楼空，找了大半天，也没找到什么线索，便出来吃点东西。谁知刚出来就碰见你了。"林天保犹豫片刻，转头对严明道："要不，你跟我一块儿过去，帮忙看看有什么线索？"

看来严明也不傻

严明微微低头，有些不好意思道："司衙里人人都说我是个搅浑水的，我这么点本事，哪能帮到你。何况，我连自己手里的案子都找不到什么头绪。"

林天保唇角浮现一抹诡笑，继续说道："你别以为我不知道，论起破案，锦衣卫里几人比得上你？之前那些，不过是因为你性子太直，不会审时度势罢了。"

严明被人骂习惯了，突然被人一夸，反倒有些不是所措，只得含糊道："那要不过去看看？"

林天保示意严明跟自己走。吕昭则静静跟在二人身后。

京城素来被人们呼作"四四方方一座城"，不仅城池布局四四方方，就连道路也横平竖直。道路两旁屋舍鳞次栉比，梁间歇着几只循着暖风飞回的燕子，对来来往往的行人细语呢喃，非年非节，却也热闹非凡。

林天保看向身侧的严明，随意说道："哎，我知道，你根本不想做这个锦衣卫总旗。你的理想是读书，做个以文安天下之人。"

严明苦笑道："可是父亲一直不同意啊。他一直觉得读书人只是些会吟酸诗臭词的软骨头，没有分毫男儿气。他不希望我成为那样的人。我曾经也想循着父亲的脚步一路走下去，可是你也看见了，什么案子只要一到我手里，必定会成个烂摊子。"

林天保安慰道："当初严叔不让你考功名走文官那条路子，自有他的考量。你看看这些个文官，把朝中弄得乌烟瘴气，圣上也为此头痛得紧。"

严明淡淡道："我若是走那条路，自有自己的处世方式，未必会和他们一样。"

林天保道："那倒也是。近日朝中很是不太平，魏公树敌太多，每日弹劾魏公的折子足有一大摞，可都无凭无据，信口胡诌罢了。"

严明道："我连自己分内之事都没做好，朝中之事，我很少关心。"

林天保无奈道："哎，你呀。咱们锦衣卫不就是为圣上分忧吗？自圣上登基以来，大军先后在辽东、辽西惨败，圣上又急又恼，偏偏满朝文官只知纸上谈兵，他们谁个知晓，那打仗是成千上万将士的鲜血凝成，城破之后，更是百姓的大劫。他们一个个一问三不知，却又偏偏霸着权力不放，真是国之蠹虫！"

严明见林天保言辞过于激烈，安慰道："你也不必这般愤慨，万事自有其定准，你我只需做好自己分内之事即可，那些个天下大事，自有能管的人管，岂是你我所能左右的？"

林天保听了这话，愈加愤慨道："可偏偏能管这事之人被百般构陷！圣上让魏公司礼秉笔，负责监军，便是要自己监管山海关驻军，而今众文官捏造伪论陷害魏公，岂不是要折断圣上的左膀右臂？"

严明喟叹道："兴许没你想的那么糟，且看事态如何发展再做定论吧。"

二人行过几间屋舍，转过一处拐角，林天保指着前方道："到了。"

严明眼前陡然一亮，正是林天保所提的药铺。只见这家药铺匾额上写着"生药铺"三个字，匾额旁悬着个硕大的药葫芦，门框两侧则贴着副"但愿世间无人病，何愁架上药生尘"的对联。

林天保带着严明跨入药铺大门时，瞥了眼吕昭，见她正在街旁较远的一棵大树下拴马，低声对严明说："小心那个女子，有问题。"

严明淡然地"嗯"了一声，没再多说。严明从一开始就没有完全相信吕昭，将她带在自己身边无非是为了监视她罢了。再说，虽然吕昭看起来不像个杀手，是个婢女无疑，但也不代表她没有犯案或者参与作案之嫌。

进门后，见北镇抚司的几位小旗、总旗和百户在那儿等林天保回来。这几人见严明同林天保一道进来，仿佛见到大街上耍宝卖艺的人一般，不觉一阵哄笑。那裹成一只青绿粽子的百户林政上前一步，眯着眼儿笑道："哟，咱们严总旗上个案子结了，来帮林千户破这个案子了？"

林天保板着脸看了他们一眼，众人立刻识趣，噤了笑声。

严明与林天保二人绕着现场转了一圈，转身见吕昭规规矩矩立在门侧，低头不语，不禁令人感叹，大户人家的婢女真是有修养，没人让她进门便乖乖候在外头，既不多言，也不觑眼乱看。

林天保注意到严明目光所及，问道："要叫她进来吗？"

严明冷淡道："不必。"

若此案与吕家有关，则不便让她知晓；若无关，则不必让她知晓。

严明细细打量起药铺，见这药铺乃两进院落，前店后厂，坐北朝南。铺面立着一排宽大的百眼柜，以"金、木、水、火、土"五行排列着药材，柜台上首供奉着药王邳彤，下首放着一把不知被谁拨乱了算珠的算盘。

这样的药铺实在过于正常，在京城少说也有几十家，里外一个样，千篇一律，毫无新意。若非要挑出什么特别之处，可真如醉里穿针，着实难为人。严明无奈，只得转头问林天保："可有什么线索？"

林天保道："我们赶来时，这药铺里已经空无一人了。能看出走得很慌张，厨房里留了一锅烧了一半儿的饭。除此之外，还有一封事先截获的密信。根据线人的消息，应该是这儿。至少跟这里有关。"

林天保说罢看了一眼严明，发现严明可能想看密信，也没多说什么，便将密信递给了严明。

严明正待伸手去接，只见边上一个总旗说道："林千户，这不合规矩吧。"

林天保瞥了那人一眼，那人赶紧识趣地低了头。严明接过密信展开来看，只见信中写道：

想那一眾小人必將彈冠相

慶，有千結鬱於心中

余雖未身處廟堂之上

卻一心為國

去愧于天地死不足惜

惟願吾主

嚴懲國賊

余替天下臣民遙叩聖上

余有一言愿谏圣上

今有国贼乃东厂都督魏忠贤

此人■恶如山阴险至极

不仅劳民之力刮民之膏

更是蒙蔽圣聪谋国败政

余每念此常有切肤之痛

开国伊始未之有也

而余之旧友或死或已

今天出门透透气，遇到对楼的小从和他奶奶买菜回家。说起来小从也有好一段时间没来问我数学题了，还长高了不少，红扑扑的脸蛋真是越来越油亮了。

看罢信后，严明继续问道："线人那边还有别的线索吗？"

林天保答道："没有。而且我联系不上线人，看来注定是凶多吉少了。"

此时，严明已经可以断定这两件案子之间必有关联，不过没有多说什么，只默默地再次仔细观察这间药铺，看了许久，却依旧未发现与其他药铺有何不同之处。陡然间，严明发现药柜的抽屉下写着极小的文字，他走近细看，只见上头写着：一万、二万、三万、四万、五万。

严明一个个打开这几个抽屉，不过是几味寻常药材，其中：一万里是人参，二万里是黄芪，三万里是白术，四万里是甘草，五万里是麻黄。对于其中有何奥义，严明暂时不解，只是默默将这几味药材和上头的字记了下来。

林天保不知不觉走到严明身后，问道："你看这柜子上头的字作甚？有什么新线索吗？"

严明知道这柜上的字虽然细小，但却难逃林天保的双眼，想必他奇怪的是，小从今天没有跑过来说叔叔好，看起来还有点害怕我，更准确地说，是害怕我身后的什么。等我反应过来，转身只看见不知谁家小孩诡异耍的花皮球。

也早已发现，因而听到他的询问并未表现出半分惊讶，只淡淡答道："不知道。"

在严明身后，林天保露出一丝诡异的笑，不过仅一瞬便换回之前的表情。

严明踱步到柜台里，却并未发现任何异常，唯独所剩银钱不少，想来这家药铺里的人走得非常急，连这么方便的钱都没拿，或者……一个可怕的念头进入严明的脑海，或者他们都死了！

林天保仿佛看穿了严明的心思，问道："你是不是在想，这家人兴许都死了？"

严明沉默点头。

林天保接着道："这倒不是没有可能，只是难度有点大。这家人就住在药铺里头，而这药铺又临街，直接在药铺行凶风险太高。再者，药铺里并没有任何打斗痕迹和血迹，不像是有人谋害。"

严明再次点头。

"哎！你们谁啊？是谁让你们进来的？"

乍然一声吼，门口突然进来个人，张嘴就开骂："哪来的贼？大白天的当街行窃啊？"

药铺里所有人神经一跳！林天保下意识将手握在绣春刀刀柄上，还未出手，已有两个总旗将进门那人按倒在地，二人一左一右将绣春刀架在那人脖子上。那人立刻泄了气，像只小鸡一般服服帖帖地趴在地上。

那人显然没料到会有这事发生，立刻吓得双腿打战、舌头打结，结结巴巴嘟哝半天，也没让众人听明白他究竟说的是什么。

两位总旗一边俯身将那人扶起，一边语气不善地警告道："好好说话！"

林天保走近看了半天，见这人吓得实在说不出个由头，便开口问他："锦衣卫查案，你是谁？"

在京城，无人不知锦衣卫办案意味着什么——可以直接跳过三司

确实如此

会审而行缉拿、拘押、用刑、定罪之权，有时下手狠了，一个不小心将嫌犯杀了也就杀了，不会有哪个司、哪个部敢过问。在京城里最是令人闻风丧胆的还属锦衣卫下头的诏狱，光刑具就有拶指、上夹棍、剥皮、割舌、断脊、剁指、刺心、弹琵琶等十八类之多，进去的人可别指望活着出来，只求速死少受些罪。

林天保这句话显然威慑力极大，这人被吓得丢了魂儿，颤着双腿结结巴巴，语无伦次道："对面……布匹店……我……我的……"

边上一个总旗听到以后打趣道："你一个布匹店的老板还想镇住我们锦衣卫？"

这人吓得面无血色，忙解释道："不是……不是……我是说，我就是一个开布匹店的，别的什么都不知道。"

林天保示意一个总旗去药铺对面瞧瞧，看他所说是否属实，而后又继续问道："你和这家药铺可有何关系？"

这人听了问话，知道锦衣卫们不是冲着自己，缓了口气忙撇清道："没关系，没有任何关系！"

我几乎可以确定自己是被监视了，也就是说，有人已经到了我跟前，但是我却看不见他，只能从对方留下的痕迹中觉察到他的存在。

林天保继续问道："那你因何出现在此处？"

这人答道："我们原本约好今日一起打马吊，所以过来看看……没想到……"

林天保步步追问："几时约好的？约好的时间又是何时？"

这人胆战心惊答道："昨日约好的，约的今日。今日是这药铺老板进货的日子，他还特意嘱咐我午后再过来。"

"进货？进什么货？"

"可能是药材吧，我不清楚啊，官爷，反正每月这天他都会去。"

"他是一个人去，还是一大家子一起去？"

"自然是他一个人去。若是一大家子一起去，那他这药铺就做不成生意了。"

"所以，此前哪怕是进货的日子，这药铺里也定会有其他人？"

"是的，官爷。他家夫人身体不大好，一向不会四处走动，更何况这进药材是个粗活儿，他家夫人就更不会去了。"

不觉，二人一问一答已有盏茶工夫，方才跑出去询问消息的那个总旗回来了，对林天保说道："千户大人，这人确实是对面布匹店老板。"

林天保抬头看向门口，见一伙计打扮的人立在那儿，很是焦灼，应当是在等着老板回去。但他没有立刻放了这布匹店老板，而是扭过头去问严明："你怎么看？"

严明答道："不像有关系的。若真有什么关系，不会蠢得这么明目张胆地回来一趟。"

林天保点头，继续问这人："这老板平时有什么喜好，或者他跟你透露过平日去哪里进货吗？"

这人答道："我只知道这药铺老板姓刘，连大名都不晓得。他家今年年初刚搬来这里，大伙儿都叫他刘老板。这刘老板除了爱打牌，也就爱喝喝花酒。哎，京城里的男人谁不爱这口儿呢？不过，他还有没有什么别的喜好，这我们可就不知道了。关于进货的事情，他不说，我们也就不便细问，毕竟都是买卖人，这么问犯忌讳。我只知道他每月这天会去进货，哦，对了……他每次进货都会拿一味中药去，也不知是个什么缘由。"

林天保问："什么中药？"

这人答道："每次都不一样，我也不晓得他这次带的是什么药。"

"昨日老板可对你说了什么？"

"也没说什么特别的事，只说什么今日又是李逵的日子了，还挺开心。哦，对了，这老板爱看《水浒传》，最喜欢的人物就是柴进。"

严明听后，仿佛突然想起什么，目光轻微一闪，但终究未做任何反应。林天保倒没觉得这句话有任何反常之处，接着又问了这布匹店老板几个无关痛痒的问题，便放他回去了。那布匹店伙计赶紧搀着双腿无力的老板，一溜烟儿跑了回去。

待他们走后，林天保吩咐两人暗中调查布匹店老板，以防万一。

严明趁他吩咐之际，假装观察现场，"不经意"走到药柜前，偷偷打开其中一个抽屉，抓了一把药放进怀里，这一系列动作无任何人发现。

严明做完一切后，再假装什么都没有发生，继续平淡地对林天保说道："你这案子看来也没什么线索，我那边还有事要处理，就先走了。"

林天保点点头，没再多说什么，目送严明跨出药铺门槛，再目送他唤上一直等候在门口的吕昭一同离开。

二人上马后，严明问吕昭："你知道你家主人做的是什么药材生意吗？"

吕昭颇感歉意，面露难色道："我只是一个婢女，主人的事情从来不敢过问。只知是倒卖药材，具体倒卖的是什么药材，我真的不知道。"

严明又问道："你家主人每月今日，可有什么特殊行动？比如必须出门去见某个人，或者必须给某个人发什么货物？"

吕昭这次倒颇为肯定地回答："没有，家主很少出门，平日里不过就是在家中整理账目，每月今日也不会出门做什么特殊的事情。"

严明点点头，仿佛想到了什么，沉吟片刻，便又问道："你可曾来过这家药铺？"

吕昭答道："从未。我虽来大明七年，但大多数时间待在吕宅，极少出门。不瞒您说，我连这京城的路都不认得，若不是有您领着，我怕是怎么也找不到这里来。"

在二人这一问一答之时，严明的目光从未离开过吕昭的脸，他观之入微，绝不放过任何蛛丝马迹。可他方才从吕昭的脸上并未发现丝毫异样，只能暂时信了她的话。

吕昭见严明少许沉默，忍不住主动开口问道："可有什么进展？"

严明依旧冷淡如常地答道："没有。"

吕昭踌躇片刻，继续问道："时候不早了，我是跟着您回您的府邸，还是我自己找别处住下？"

眼下暮色四合，残阳自天边坠落，渐渐隐匿在远山脚下。只有那剩余的一抹红，似美人脸上涂抹的胭脂一般，染上了老墙根儿，为灰蒙蒙的北京城增添些许绮丽。

严明倒是无心欣赏什么美人胭脂，依旧板着他那张冷脸，转身对吕昭说道："明日一早要去另一个地方，你住在我家。我家里有间空房，是我父亲生前住过的。"

吕昭毫不犹豫道："我随您去便是。"

严明微微点头，两人便一前一后地走远。

这时，暗中盯着两人的林天保对身后两个总旗吩咐道："悄悄跟上去。"

明照坊

我按照之前的线索，在要求的时间到达了八达岭
长城的指定位置，站得脚都有些麻了也没有等来
一个人，打算离开。

明照坊人群熙攘，往来不绝。

街边有一卖珠钗的小贩，摊子上摆着的一支玉钗尤为别致，似山
间白雪莹莹通透。这钗，若戴在吕昭的发间，想必是极好看的。

此念一出，严明心头一惊，别开了眼，不再去看那钗。

严明暗想，要不过去看看吕昭？可转而又想，此时还不知吕昭人
在何处呢，便又放弃了去看她的念头。

一日之内，接连两次死里逃生，严明觉得好生疲惫，在马背上摇
摇欲坠，真想回家蒙着被子睡他个天昏地暗。可一想到自己查的
事与父亲相关，便又强打了精神。

整个北镇抚司的人都以为严明对父亲的死无动于衷，可谁能知
晓，伤心如坠冰雪窟，只是不愿与人说罢了。他不过是生来面
冷，众人却说他心冷如铁，仅凭个人喜好便将他打入了"不孝
子"的行列，想来也不过是人间一个笑话罢了。

沿途有一个水泃，在月亮微弱的光线下，我看见有一大块东西堵在里面，心想谁这么缺德，大老远把垃圾扔到这里来。走近一看发现是一个人，准确地说是一具尸体，而这个人的脸我认识，是王星佑，我在论坛上搜过他的照片。

怎么能不伤心呢?

那是他生命里唯一生死相依的人，唯一的亲人。如今走了，再也见不到了。

可严明不愿当着别人的面伤心。别人见着他的眼泪又能如何? 说一句"节哀顺变"并不能让父亲起死回生，不过是教人见着自己软弱的一面罢了。严明内心很清楚一件事，父亲的死绝不是意外，这和自己的经历有关……

严明独自穿梭在人群中，阳光将他的影子拉得长长的，像一只失去方向的孤雁，在乱云间看不清方向，也寻不见自己的亲友。

他隐约听见前方楼阁里头有人议论北居贤坊吕宅的事，于是向前走了几步，立在楼下认真听。

只听一个粗嗓儿说道:"哎哟，北居贤坊出了吕宅那事后，我都不敢去那块地儿了。据说一家子全死了，想起来都瘆得慌。"

周围没有人，我想拿手机报警，才想起来进入景区之前把背包寄存在储物柜里了，手机和身份证都在里面。我一路往回走，一路找人，看能不能遇到人帮忙报警。

一个青年声音道："那吕宅的事情还真是蹊跷，真是传什么的都有。要我说，莫不是得罪了上头的某些人，才教人连锅端了。你们想想，一般人有这能耐吗？"

那粗嗓儿又道："不管得罪谁了，杀人总得有把刀才行吧。只是这把刀又来自何处呢？江湖刺客吗？那可得花不少钱才请得起这般厉害的高手。"

此时又一人的声音响起，这声音听着低沉，像个上了些年纪的人在说话："杀人的刀，上头的人嘛，有的是刀。要说这吕家，也是自己给自己惹的灾祸，做生意就本本分分做生意，不该沾染的别沾染。看吧，这会子惹来杀身之祸，饶是赚了再多钱，也没个用处了。"

那青年声音又说道："老兄，听你这意思，是说这吕家沾染了什么别的东西？"

那低沉声音又说道："这也只是我的一个推测，官府还没查明真相，什么可能都有。"

王星佑沾着污水的脸在我眼前挥之不去，我的双腿机械地往前走，好像只要走得够快，这一切就与我无关。掌心被指甲抠得生疼，阵阵痛感提醒我，要冷静。

那粗嗓儿又道："嗨，看你那么言辞凿凿，我还以为你真知道什么内情，却原来也是个嘴上不把门儿的。"

听到此处，严明不愿再听下去，吕家遭此横祸，一大家子命丧黄泉，除了个没入籍的小丫鬟，再不剩别的什么人。想起自己去吕宅那日，满眼皆是鲜血，连自己都忍不住替吕家叹一句生死无常。而市井闲人，却总将别人家生死之事当作闲话谈资，不禁又觉得这世道太过炎凉。莫名地，他又想起吕昭，如今她一个人在大明，孤苦无依，待这案子了结后，她又该何去何从。

严明心不在焉地走在街上，完全没注意身后有一辆马车冲向他。那马车夫也没想到方才还站在楼下的人，怎么在自己的马车靠近时突然就走到了路中央，于是只能一边勒紧缰绳，一边大喊："闪开……快闪开……"

马车越来越近，四周很多人都跟着紧张起来，忍不住在街边大喊："那位公子，闪开，快闪开啊……"一时间，四周皆是往严明这里盯的眼睛，街市乱作一团。

没有人，一个也没有。

储物柜的管理员不见了，一起不见的还有我的背包。身上还有点现金，我飞奔出景区打车回家。

逃跑，没错。我现在能做的只有逃跑。

马匹前蹄腾空，眼看就要将严明踏在蹄下，严明这才回过神来，想要躲开却已经来不及，睁大双眼看着落下的马蹄。

正当他以为自己快要命丧马蹄之下时，突然一个瘦弱的身影自他身后蹿来，一把将他的腰抱住，两人一同在地上打了个滚儿，便从那马蹄之下滚了出去。

那赶着马车的车夫这才稍微定了定神，冲严明骂道："年轻人，走路不带眼睛啊！没事突然窜到路中间作甚！"说罢不待严明回骂，便赶着马车继续走了。

待车夫走后，严明感觉抱在腰间的手松开了，听见吕昭在他身后问："大人，您没事吧？"

吕昭将严明从地上拉起，严明盯着吕昭看了半天，疑惑道："你怎么在这儿？"

吕昭也是一脸疑惑："不是您叫我来这儿的吗？"

以防万一，这里留下银行卡的密码给我家人，卡就在我家的抽屉里。密码在门票上。

严明更是惑然，继续问道："我是如何叫你过来的？"

吕昭见他不信，自怀中摸出一张纸。严明伸手接过，手指触摸着纸上残留的余温，见这张纸上赫然写着三个字——明照坊。

严明吓得手一抖，险些将这张纸掉到地上。

严明并非被有人给吕昭送信这件事吓到，而是这张纸上写着的三个字，分明就是自己的笔迹，甚至连纸张都是自己常用的类型。

吕昭见他方才展信时双手颤抖，关切问道："怎么了？这不是你写给我的吗？和你分开后，我去义庄和兵马司花钱打点了一下，回去的路上突然有人跑过来给了我这张纸，说是您给我的。"

严明立刻追问："什么人？"

吕昭思索片刻，道："没见过。我看他骑的也是官马，还以为是锦衣卫。"

严明将信塞进怀里，皱眉思索片刻，想对吕昭说些什么，又将那些话咽了下去，只说道："可能是林天保派人通知你的。"

话虽如此说，但严明心里完全不是这般想的。若真是林天保写信通知她来，实在没必要模仿自己的笔迹。何况，自己很少留下笔墨，别人想轻易模仿自己的笔迹着实不容易，再者自己也从没给林天保写过信，他又从何处模仿自己的笔迹呢？

对于信件的事，吕昭不再追问，转而问道："大人，我们接下来要去哪里？"

严明答道："不知道，先四处转转吧。"说罢抬眼一看，见天色昏暗，不觉已至酉时，这才想起自己今日还没怎么进食，于是对吕昭说道："你吃饭了没？不如我们先去吃些东西。"

吕昭答道："还没呢，走吧。"

二人在路边随意找了家面馆落座，一人要了一碗肉面，在等面的时候，却又陷入了相对无言的困顿。

竟之的声音非常不合时宜地在他耳畔响起："要不问问她回去做了什么？"

严明被这突如其来的声音吓了一跳，要知道，这声音只有在自己心思慌乱、踌躇不决时才会出现，而自己此时并没有对手头案子有这样的情绪，难道，自己对吕昭也是这般情绪吗？可吕昭说到底不过是个十七八岁的姑娘，如何能教自己心思慌乱呢？

吕昭见他神色有异，好奇地看了他一眼。严明欲盖弥彰，赶忙低了头不去看她，故作冷淡地对竟之说道："不，她方才说了自己去义庄和兵马司打点，我此时若是再问她，不是多此一举吗？"

竟之又说道："那要不问问她喜欢吃什么？"

严明不耐道："你今日老说她作甚？"

竟之说道："你又用错称谓了，不是'你'，而是'我'。"

严明暗自舒了口气，道："我又不会做饭，这么问好生无趣。"

竟之以严明同样的口吻说道："也是，那干脆不问了。"

严明的自我对话还未结束，却陡然听见吕昭问他："大人，您发现什么新的线索了吗？究竟是什么人杀害了我家主人？"

严明无奈答道："暂时还没有……"说罢看了吕昭片刻，问道："你身体如何了？好些了吗？"

吕昭一边甩了甩胳膊，一边说道："您看，已经没事了。从小做苦力，身体好着呢。您知道究竟是何人要害您吗？会不会和谋害我家主人的凶手是同一伙人？"

严明答道："有这个可能，毕竟吕家十口人尽皆被害，死状那般惨烈，绝非一般江湖杀手所能做到。而我如今在查这案子，万一查出个好歹来，只怕会牵扯甚多。不过，目前没有确切的证据，还无法下定论。"

吕昭听罢，半是惊诧，半是失落，只双手撑头看着桌面，眼睫在下睑投落一排绵密的阴影，那阴影微微颤抖，嘴唇微启似要再说些什么，却到底什么也没说。

二人又一次陷入冷如寒冬的沉默，好在这时小二将肉面端了上来。严明不再看吕昭，低着头大口吞起面来。吕昭许是饿了，也拿了筷子安静地吃着。

待到二人吃完，吕昭双手托腮问道："大人，您家里还有其他人吗？"

严明喝完了最后一口面汤后，黯然答道："没有了，我父亲去年过世了。"

吕昭面露遗憾，接着问道："那您母亲呢？您有兄弟姐妹吗？"

严明答道："我没见过母亲，也不知道有没有兄弟姐妹。"

吕昭突然将脸凑得更近，眉眼笑成了两弯弦月，继续问道："那您……娶亲了没有？"

这话她昨晚分明已经问过严明，今日再问，分明是醉翁之意不在酒。

被这么个伶俐的姑娘问这么个问题，严明颇有些羞赧，将头埋低了道："还没有。"

吕昭用手绞着垂落肩头的两缕发丝，脸颊微微泛起红晕，道："在我们朝鲜那儿，若是一个男子看上了一个女子，可以请媒人到女子家里去议婚。若是女子的父母答应了，便可定下婚期，然后纳彩、纳币、迎亲。"

严明耳中听着她的款款软语，心跳得飞快，脸和脖子红了一大片，却还假装淡然地深吸一口气，故作从容道："嗯，与大明差不多。在我们这儿也是男子先遣媒人去女方家里说亲，若是女方父母同意，便择日纳彩、纳征，然后下聘。待下了聘，这桩婚事便算是定下了，待到了吉日便可行合卺之礼。"

吕昭笑道："大明的婚俗可太复杂了。在我们那儿啊，成亲是花不了太多钱的，把人娶过去由主婚人主个婚，大家热闹一阵儿，这婚礼便算是成了。不像大明，男子娶妻像是要将半个家底掏去给女方，而女方还得将自家的嫁妆一箱箱抬去夫家，这婚礼才算风光。之前家主的一个侄儿娶妻便是如此，我听主母唠叨了好些时候，好好的一个婚礼，把人搞得疲惫不堪。"

严明故意将眼瞟向别处，装作自己在四处看线索并未认真听她说的样子，实际却将她说的话一字一句稳稳当当全听进了耳朵里。

严明不吭一声，只听吕昭又说道："其实，大明的女子是人，朝鲜的女子也是人，若是真个情投意合，我觉得倒是不必非要介怀是别国女子。更何况，我们朝鲜的女子不会要那么多聘礼，给口吃的就行。我胃口小，吃不了太多粮食。"

严明突然从心底想要发笑，却又绷着脸笑不出来，故意逆着她的话语佯装冷淡道："我们大明的女子最是温柔贤良不过，婚礼的繁杂也只是为了显示男子对女子的看重罢了。"

吕昭毕竟还是少女心性，听他如此说，立刻就想争个高下："我觉得我也还算温柔贤良，虽说女红什么的不大会，可我会做饭，会洗衣，还会在你读书的时候为你掌灯研墨，替你铺床叠被，而且我性格也还算好，不至于同妯娌吵架争执。"

严明突然将目光转向她，目光里似乎藏了两团灼热的火，她这才察觉方才言语有失，毕竟自己只是吕家的一个婢女，而严明却是锦衣卫总旗，似有冒犯之过。她立刻低下头，嗫嚅道："我也就随口那么一说。"

严明将目光移开，眸中的两团火也转瞬暗淡，他轻点了下头，轻声道："嗯，我知道。"

吕昭悄悄抬起头，见严明脸色已恢复如常，便又壮着胆子支支吾吾道："你，能不能再多讲点关于你的故事啊？"

严明稍显犹豫，却又不想扫她的兴，便开始讲起了自己的身世："我父亲名叫严肃，是北镇抚司锦衣卫千户，曾上过朝鲜战场……"说罢他抬眼看了眼吕昭，因知晓吕昭是朝鲜人，怕她心里不适。见她托着脸对自己温柔一笑，严明立即别开了脸继续说道："我是从朝鲜捡来的。"

此话一出，倒是教吕昭呆愣住了，不知如何是好。严明道了声"无妨"，又继续往下讲述："我父亲说，他有一日带人夜巡，在郊外道旁发现一个死去的妇人。当时在朝鲜发现一个死人并不稀奇，甚至成百上千也不足为奇，所以他们直接走了。可是没走两步就听到婴儿啼哭，父亲发现了尸体怀中的我。父亲当时原本有公务在身，本打算不再理会直接离开，可走了几步后又调转马头回来，将我带走了。我长大懂事后，有一次问过他，为什么当时要带我回来。父亲说，他当时也不知为什么，就是觉得自己杀戮太重，一身血腥，可当他听到我啼哭的那一瞬间，觉得自己的罪孽都被洗清了。"

说到这里，严明沉默了片刻。吕昭没有问话，而是静静地看着他，耐心地等他继续往下说。

严明也抬眼看向吕昭，四目相触，不觉竟有些泪湿眼眶。生来二十余岁，这是严明第一次对女子袒露心声，心内又苦又甜，又酸又涩，一时间竟百感交集。一种别样的感情自严明内心深处缓缓升起，却又被他压制下去，他继续说道："但他的罪孽还是没有被洗清，去年执行任务的时候遭遇不测，过世了。"说到此处，他不觉喉头轻颤，那颤抖极微，他没有让人发现，接着说道："父亲去世前不久还跟我说过一件事。他说捡到我后把我塞进了怀里，那夜执行任务不知杀了多少人，鲜血染透他的外衣，沾了我一身，可我竟自始至终没有哭过。父亲当时还想，兴许当时死去的人里还有我的生身父亲，可这些都没人知道了。"

吕昭抬起一只手欲安抚严明，思索片刻后又将手放下，半开玩笑道："那你和我可能还是亲戚呢！"

严明也笑了，接着说道："哎，虽然父亲养了我二十多年，可我和他一点也不像。练武不会，破案也不会，加之锦衣卫里稍微有些资历的都知道我并非父亲亲生，待我十七岁后入了锦衣卫，他们就都来欺负我了。"

吕昭突然想到什么似的，饶有兴致地问道："所以你房子里才有那么多书。是因为没朋友才喜欢看书吗？"

严明答道："是，也不是。我打小就喜欢看书，没什么朋友后就更喜欢了。"严明说完后看了一眼吕昭，见她以一种怜惜的眼神看着自己，顿时使自己那颗动情的心无处安放，于是话锋一转转守为攻："你也真够奇怪的，明明家里人都死光了，还有心思和我在这儿说笑。"

吕昭似乎意识到自己刚死了家主，这么和男子打趣委实不成体统，解释道："我本就是被买来的婢女，其实也算不得什么家人，迟早还是要回去的。"

严明追问道："你说你是从朝鲜过来的，你的家人呢？"

吕昭答道："我和你不一样，我家人很多，父母健在，有两个哥哥、两个弟弟。家中就我一个女儿，因为养儿子实在缺钱，爹娘就把我卖了。"

严明喟然道："朝鲜这些年也不太平，兴亡向来是百姓苦在先，想来你的父母也是无可奈何才会将你卖掉。若是在战乱年间，四处缺银少粮，许多人为了能在烽火连天的尸山血海里留口气活着，莫说是卖女，就算是易子而食也是很常见的事情。"

吕昭轻笑道："那这么说来，我的命还不算差嘛，好歹能活到如今，还能遇见大人。"

严明无奈道："也可以这么认为。"

吕昭摸着腰间的一件银色物什，上头雕着几朵灵秀的小花，做工极为精致。她轻笑道："虽然我爹娘将我卖给别人为奴，但我心里从未怪过他们。我还记得小时候娘亲将我搂在怀里给我唱的歌谣，记得爹爹去山头打的野兔，还记得我和哥哥们一起念书，因为调皮趁先生睡着剪了先生的胡子，被娘亲拿着笤帚追着满山跑。后来娘亲生病花了不少钱，两个哥哥年岁还小，爹爹希望他们可以继续读书，便只得将我卖了换钱。"

说着，她将腰间银色物什解下递到严明眼前："你看，这是我被卖的前一天，爹娘为我做的桩刀。"

严明见这桩刀乃一条银色链子坠着三个银鞘，以为是三柄小刀，谁知吕昭拔开其中一个银鞘后，竟从鞘中取出一支略微偏细的毛笔。吕昭将毛笔执于手中，端详着笔毫，像是在端详一段过往。

她眸中清澈如一泓清溪，唇角翘起，像是在炫耀一件极为珍贵的宝物："这支毛笔是我爹亲手做的，他深夜去山里打狼，然后从它身上挑出最细腻的毛做成笔毫。我爹说，女孩终归要识得些字，将来无论去往何处，好歹会有些用处。"

严明道："这笔倒做得精致，可见用心，我此前从未见过做得这般小巧的笔。"

吕昭展开自己的右手，一脸骄傲地说："这是我爹按照我手的大小做的。对了，还有这个。"说罢，她又拔开一个小银鞘，见里头竟然盛放着一小管墨汁。她笑着说道："这墨汁本是从大明这边传到朝鲜去的，我娘从街市上买了回去，没承想又被我带到了大明。"

这桩刀制作甚是别致，虽说银鞘中装的仅是最为常见的笔和墨，可在刀鞘里装这些东西还随身携带，严明在大明却是从未见过。听她说起家中父母兄长，严明便能将她的身世窥得一二。她在朝鲜虽非富贵人家的女儿，但也出自知书达理人家，流落大明后却成了替别人端茶递水的使唤丫头，严明不觉心中又多了几分动容和怜惜。

她并未注意到严明异乎寻常的目光，只得意地继续说道："桩刀桩刀，这桩刀嘛，自然不能少了刀。"她将最后一个银鞘拔开，只见银光一闪，一柄材质极好的银色小弯刀出现在眼前。她将小弯刀持在掌中，随手在严明眼前一晃，严明还未反应过来，但见一缕发丝从自己额前飘落，被她纤细的手指接住。她调皮一笑，道："这头发可归我了哦。大人，我这刀够锋利吧？"

严明一时语塞，支支吾吾道："锋……锋利，锋利得紧，你小心些，别把自己划伤了。"

她持着刀，像持着一件极为重要的珍宝，轻轻撇嘴道："才不会。我们那儿很多父母都会为孩子做桩刀，一来是祈愿孩子能通文墨，二来是希望他们在遇到危险时能用这把小银刀保护自己。"她一边说着一边将严明的发丝系在银鞘之上。

严明顾左右而言他："你爹娘倒是待你甚好，孝乃天道，你想过回去找他们吗？"

吕昭道："怎么没想过呢？可是碧海浪涛，相隔千里，我又卖身他人不得自由，想要回去谈何容易？不过嘛，我相信，只要我活着，总有一天会回去和家人团聚的。我爹在送我这把刀时曾对我说过，若是被人欺负了，便用这刀割破那人的喉咙，无论如何要好好保护自己。只要我们一家人都活得好好的，将来总有相见的一日。不过嘛，我从未舍得使刀身沾血，爹爹送的刀，我定要好好珍惜。"

说罢，她将弯刀收回了银鞘，又将桩刀别回腰间。

严明本想安慰她几句，但见她笑容明媚，如三月盛放的桃李，并无悲戚之色，便作罢了。

身为乱世人，谁人无不幸？谁也不必安慰谁，谁也无法安慰谁。

吕昭笑得眉眼弯弯，颊边两个梨涡甚是可爱。她继续说道："其实，吕家对我并不算好，睡的是厨房，吃的是剩饭。他们冬日为了省钱从不会给我炭火，我只能自己缩在厨房角落里取暖。每到天寒地冻的时候，我就盼着家主想吃夜宵，这样我就能正大光明地点了炉子，一边做夜宵，一边取暖。赶上年景不好的时候也常常吃不上饭，我记得有一年后院的柿子树结了柿子，早起看到有一个掉在了地上，我就捡起来吃了。没承想被嬷嬷发现，把我关在柴房里三日。"

吕昭停顿片刻，轻咂唇舌，似乎回味了一番柿子的味道，而后又继续说道："但即便这样，吕家好歹给了我个容身的地方，给了我一口饭吃，总好过去那些勾栏瓦舍做皮肉生意。"

吕昭说完，二人对视良久，直到严明见吕昭的脸染上一层浅薄的红晕，顿觉羞赧，这才别开了脸去结账。

方才与吕昭聊得太过投入，严明竟一时忘记了某些要紧事，这时才将思绪重新拾起，再从头整理了一番，手头仅有的线索将自己指引到这儿，究竟是哪门哪户，姓甚名谁却并不知晓。无可奈何之际，严明只得像只无头苍蝇在街头乱转。吕昭不言不语，默默跟在他身后。

夕阳残照，市井喧腾。严明与吕昭一前一后行走在街市上，像是在喧闹处劈开一处仅属于二人的静谧。两人保持着不远不近的距离，迈着不缓不急的脚步，似乎一切都恰到好处，只差严明一句"是"或者"否"，便可尘埃落定。可严明早已习惯将心事藏得很深，深到别人难以查探，当他自己某日想要将心事掏出来给某个人看时，却又因为一直以来藏得太深而不知所措，是以只能以一张若无其事的假面来掩盖内心的狂澜。

严明正一边走一边发怔，突然，他的肩膀被谁拍了一下。回身一看，吕昭的手停在半空。只见她赧然一笑，伸手指了指前方不远处。严明顺着她指着的方向看过去，竟是一个酒庄。

那酒庄不大，虽说在这寸土寸金的明照坊开一家酒庄本钱实在太高，但这庄子占地却只有别处酒庄一半大，酒庄里头显得尤为逼仄。整个庄子扔在这样一条繁华的大街上，犹如鲤鱼之于长河。若是不仔细查看，委实难以入得人眼。只见这庄子门面简朴，房子老旧，想来是多年未曾修缮。门口立着一口大酒缸，招子上歪歪斜斜地写着个"酒"字。酒香并不比别家醇烈，也没什么诗人才子为它题过只字，实在普通得不能再普通。

但这个酒庄的客人非常奇怪。

酒庄里有两种截然不同的客人，一种客人进去后直接掏钱买酒，而另一种人则显得特殊许多，同样是买酒，拿的却不是钱，而是一包东西。严明一见那包东西，立刻顿悟，拔开了腿向庄子走去。身后的吕昭没料想他会直接过去，怕会有危险，下意识地伸手拉住了他。

严明扭头对吕昭说道："我有法子，你在这儿等我。"

吕昭这才松开了手。严明不急不缓地走向酒庄，待到得柜台，从怀里摸出了一包东西递给老板。

这包东西，是从积庆坊药铺老板那儿换来的，严明方才远远看着那些"特殊"的客人手里拿的好像是这个东西。这包药材十分特殊，并没有像其他药材那般用纸包裹，而是以一种严明从未见过的布包裹着。这种布比一般粗布精细，却又比丝绸厚实许多，里里外外裹了许多层，严明捧在手中颠倒着，却难以从包裹外摸出里头究竟是何种药材。甚至，严明一度怀疑里头的东西是不是药材。这包裹缝合极其严密，针脚缝得密密麻麻，在针脚最是密集处落下一个红色印记，想必是为防他人擅自拆开。

酒庄老板见到严明递过的这包东西后，伸手接过，一句话也不说，甚至连头也没抬起，径直从柜台下方拿出一坛子酒递给严明。仅从外观看，与其他客人买的酒无异。严明也没多问，伸手将酒坛接过。

在拿到酒坛的瞬间，严明目光一沉，身形一愣，但他立刻又装作什么都没发生一般转身离开。

这酒坛子太轻。

坛子比严明的手掌大出许多，若装满酒应该会沉甸甸的，而严明手中的酒坛子却极轻，轻得仿佛是一只空坛子。

吕昭见严明手持酒坛远远走来，另一只手向她打了个手势，示意她向远处走。吕昭心领神会地走远，二人一路眼神交汇，尽可能地避开人群，行过五六个路口，终于到了一处无人巷弄里。

严明回首看了眼身后，确认无人跟踪后摇了摇坛子，并无水声，可见这里头装的显然不是酒。于是严明拆开了酒坛的密封油纸，二人一齐向坛子里看去，但见里头黑咕隆咚什么也看不清，严明索性伸出两个手指进去直接摸，不料，还真将坛子里的东西摸了出来。

两人看到里面的东西后，皆是一愣。原来这坛子里的东西，是三张叠起来的纸。

吕昭疑惑地问道："这是什么？"

严明没多说什么，将这三张纸小心翼翼地收了起来，转过头对吕昭不明不白地说了句："我觉得快了。"

吕昭更是一头雾水："嗯？什么快了？"

严明面容冷峻，言辞如冰："距离真相快了。如果我没有猜错，这一连串线索应是为了策划某件事情做的准备，其中最重要的一环应是将方才那份药送到那个酒庄。主谋兴许出于某种原因不能露面，所以只能驱使别人来做这件事。而且，那人也许是怕暴露自己才会设下了这一系列复杂的环节。"

吕昭愈加疑惑，继续问道："那和我的家主又有什么干系？"

严明道："我怀疑你的家主就是这其中的一环，但存在某股势力想要打破这个链条，所以你的家主才会被杀。如果知道你的家主究竟做的是什么，那么就能知道是谁要打破这个链条了。"

吕昭似懂非懂地点点头，又摇摇头，见严明似乎并无过多解释的意思，于是又点点头。

"走吧！"严明轻声说道。

京城再次笼罩在夜色里，街市两旁的商铺与屋舍又点起了灯。这人间星火，终于在有人陪伴的时候，多了几分温柔气息。

只是，两天两夜，恍如隔世。

思誠坊

王星佑最后的住所是在南三环的一间公寓，
装修和家具都是工业风。
李益才说时下的年轻人大都喜欢这种风格。

黑云压城，雨势更盛，不辨昼夜。

群马在街市狂奔，踏起一阵水浪。街上无人，只有被大雨冲刷得伤痕累累的街道。街道上四处低洼，若是行人走过，怕是要打湿半截身子。

道旁的官沟里水流正急，有些地方似乎堵塞，若不及时疏浚，怕是要损毁民宅地基。

严明一行人在大雨中策马扬鞭，不一时，便到了思诚坊。为首一人猛地拉住缰绳，胯下骏马前蹄直立，发出一声长鸣，在雨夜里回荡。身后众人见此，也立即拉了缰绳，马鸣此起彼伏，与雷鸣交相呼应。

"你们当初追踪线索时，有没有在这附近发现窝点？"严明大声冲身后问道。

严肃神色冰冷地摇摇头。

思
诚
坊

四

屋子里除了长时间没有清理留下的灰尘，整齐干净得仿佛没人住过。
打眼一看，也只有书架上、书桌上还有些可以供我们查找线索的物件。

严明面色铁青，眉心紧皱，将目光投向林天保，可林天保也摇了摇头。

空气似乎凝滞，大雨早已将众人浇透，到此时才觉得寒冷彻骨，使人不由得打了几个寒战。

远处一道闪电劈下，电光照亮了这群人冰冷的面庞。

耳畔又传来竟之的声音："线索又断了！"

严明强压下心中剧痛，气息不稳道："每一次，每一次都只给个简单的地名，可是具体是哪门哪户却不明说。"

竟之道："给线索之人究竟想做什么？他好像有什么惊天秘密，只等着我们去揭晓。"

严明道："我不管他最终的目的是什么，霍维华必须死。"

竟之道："可现在根本就找不到霍维华，没有任何线索透露他的

翻了整整两天，
我们发现王星佑留下的这些书都是很常见
的出版物，并且没有留下特别的笔记。

行踪。更何况，目前当务之急是查出霍维华背后的阴谋。魏忠贤对他不可谓不好，他为何要毒害魏忠贤？还是说，他一直以来都不是魏忠贤的人？如果不是魏忠贤的人，那他又会是谁的人？他背后有什么势力？这才是我们目前最需要查清楚的事情。"

严明道："我知道，我只是，只是不知该怎么做。我感觉自己仿佛被什么人刻意指引着一步步走到这里，我不知道对方的意图，我如今甚至连自己究竟想弄清楚什么事，都不知道。"

竟之道："既然不知道究竟该如何做，那么就以静制动，等着便是。"

严明崩溃道："可是，我快要没有力气等了。"

说罢，他听见骏马的一声嘶鸣，骏马前蹄直立，似要将他直接从马背上摔下来。幸而林天保眼疾手快，一把将他扶住，用一种不确定的口吻对他说道："你且莫要慌乱，这里确实没有我们曾经追踪过的地方。不过，这里有一座霍维华给他在宫里当差的兄弟留的宅子，平时好像没什么人住。"

严明冲身后大喊："走，去那宅子！"

林天保策马跑到严明前头，向身后吼了声"跟上"，一行人便又策马狂奔起来。

不消片刻工夫，众人便抵达宅门外。这宅子占地不大，是一座小型二进宅院。整座宅院既无精致雕花，也无考究兽吻，也就比一进宅院稍稍大了些，丝毫看不出是有钱人家的住处。

众人下了马，林天保走在最前面，抓起门上的铜环正欲敲门，严明一把抓住他的手臂，神色复杂地摇摇头，林天保瞬间明了，一句话不说，直接破门而入。

"搜！"林天保只说了这一个字，声如洪钟。

身后锦衣卫们立刻跟着他们冲进院内，快如离弦之箭。不待吩

眼看就要无功而返了，
我们突然发现了一张有奇怪图案的纸。
在我和李益才的努力研究下终于把纸折好了。
原来是我们小时候都玩过的东西。
纸上的内容是个地址。之后我们又去往这个地址，
里面空无物，干净得仿佛没人来过。

唰，锦衣卫们轻车熟路地分散于宅院各处，有人拿身体撞开房门，有人则直接破窗而入。一时间，整座宅院响起了叮叮当当的搜寻之声。

大雨还在继续，雷声震耳欲聋，院里积了尺深的水，屋檐上挂起一层冰冷的水帘。严明与林天保、严肃三人聚在内院堂屋内，一边在堂屋内四处搜寻线索，一边等候下属来报。

三人所在的这间堂屋并无甚特别之处，上首置着张檀木桌子，两把垫了云纹软垫的椅子，下首东西各放置同类椅子两把，上头积了一层薄灰。椅脚处结了几张蛛网，趴着几只昏昏欲睡的小蜘蛛。冷风一吹，一只小蜘蛛没趴稳，径直从蛛网上跌落下来，又赶忙顺着椅脚爬向蛛网。

林天保见此，无奈道："看来，这儿许久没人居住了。"

出门时，

我突然意识到地址指代的不一定是房子。

然后我想到了报箱，但是报箱有密码。

我和李益才一筹莫展的时候，

在书上突然出现了一串数字可能是密码。

这串数字就在这一页上。

贰	叁	伍	柒	贰	叁	伍
柒	贰	叁	伍	柒	贰	柒
伍	柒	贰	叁	伍	叁	贰
叁	甲	柒	贰	柒	伍	叁
贰	叁	伍	叁	贰	柒	伍
柒	贰	柒	伍	叁	乙	柒
伍	叁	贰	柒	伍	叁	贰

看完这串数字，我的心几乎从嗓子里飞出来了。

我和李益才商量后决定，他去找袁遥，
而我去派出所"自首"。

只要能够证明信上的内容，
那么我就是无罪的，不用再这么东躲西藏了。

严肃见严明望着一面墙发怔，那墙上画着一幅九九纵横图，与幼齿小儿聚在大街上跳着玩儿的那类无异，只是格子里写着些不明所以的文字和数字。

严肃走到严明身后，问道："怎的，这图有什么问题吗？"

严明不答，又看上首桌上放着一盏烛台，这烛台做得极为精致，通身绣着龙凤呈祥，严明伸出手指在桌子上摸了一下，看了眼手指上沾染的灰尘，又换了另一根手指去摸那烛台，手指上却干净如常，不见一粒灰尘。

林天保见此问道："你发现什么了？"

严明不答，又看了眼墙上的图，伸手顺着某个方向旋转烛台，突然一声响动，桌子下方弹开一扇书页大小的门。严肃与林天保保愣在原地，严明似乎早有所料，俯下身去，在那门里摸了半晌，摸出一大摞书信来。

严肃与林天保陡然变了脸色，林天保问道："这儿怎么藏了这么多书信？"

严肃拧着眉头说道："看看这些信里都写的什么。"

三人将这些信件一封封小心翼翼地拆开，生怕弄损了里头的信纸，坏了字迹。

"你们看看这封信。"严明双手颤抖地捧着一封信。

严肃与林天保立刻走到他跟前，只见那封信上写道：

服之可得長生

吾欲煉成此藥獻之聖上

願吾弟替為兄

在陛下面前進言幾句

他日若蒙陛下垂恩賞識

你我兄弟二人一同飛黃騰達

兄霍維華

吾弟亲启

你于宫内当差

为兄甚为挂念

吾弟一切安康否

吾近日觅得一珍奇药方

乃为长生不老之方

但寻人七炼制的丹药

远处落下一道闪电，劈倒了一整棵参天大树，也照亮了三人冰冷的面庞。

三人神色复杂，静默不语。

许久之后，林天保才开口："看来这些人并不是冲着魏公去的，而是冲着圣上……"说罢转头看着严肃，问道："严叔，这可如何是好？"

严肃哑着嗓子道："先收拾好东西，回去再议。"

结局

事情一点点变得清晰起来，
我见到了李益才，找到了王星佑留下的最关键信息。
之前发生在我身上的奇异事件有了明确的指向：
信中的神秘组织。

京城一夜风吹雨，次日晴空如洗，柳絮纷飞。

昨夜，严肃与林天保将所有信件都带回了北镇抚司，严明则独自归家，连夜将自己手头的线索整理了一番，准备今日一早送往司衙。

事情终于告一段落，严明想，日后能与父亲重归往日的生活了。

日头有些刺眼，严明拿手遮在额上向大门走去。大门被严明吱呀一声自内打开，只见林天保倚在门边，似笑非笑地看着他。不待严明相问，林天保先开口说道："毕竟霍维华还没被抓住，怕你有危险，所以昨夜派了俩人在你家门外候着，万一遇着什么事儿也好保护你。这不，我刚从锦衣卫换了班过来，正好陪你走一趟。"

严明昨夜毫无察觉，今日听他这么一说，顿时吓出一身冷汗。自家门外半夜来了人而自己竟毫不知情，赶明儿若被人半夜绑出去卖了也不冤。

我需要先证明自己无罪，
再向警方寻找帮助。

林天保见他又在发怔，继续说道："对了，还有另外一件事要告诉你。"

严明问："是关于之前给我线索的那个人吗？"

林天保以绣春刀柄戳了他一下，笑道："不是，是关于你那个小情人的。"

严明见他如此说，立刻追问："她有消息？"问完又觉不妥，仿佛承认了吕昭与自己有些不可告人的关系似的，不自觉地低下了头。

林天保点头道："有个好消息和一个坏消息，先听哪个？"

严明冷着脸别扭道："随便。"

林天保笑道："那先说好消息吧。好消息就是我昨夜派人顺着吕昭可能逃跑的方向搜查，并未发现任何痕迹。我们也问过兵马司在去派出所之前，我想确认李益才以安全。于是联系了袁遥，我问她是否见到了李益才，她说一直没有过他以消息。

的人，他们也说没有发现女性遇害。"

严明暗自一笑，说道："这么说……她没死？"

林天保收了满脸笑容，无奈地"嗯"了一声，继续说道："还有个坏消息要告诉你。我派人问了吕家周围的邻居，常年给吕家送菜的人，以及刚抵达京城的吕家远亲，都没听说过吕家有这么个人。甚至，吕家连她这般年纪的女下人都没有。"

严明颤抖着问道："你的意思是……她根本就不是吕家之人？"

林天保定定地看着他，认真地点了点头，接着说道："从朝鲜送来的婢女都会造册登记，我今早派人去核实过，里头她这般年纪的只有四人，全在宫里。"

严明只觉得如堕深渊，又觉得自己溺水将死，一时间浑身冰冷，难以呼吸。

结
局

四

而后发生的事情让我十分恐惧，
我给袁遥看了我顺手拍下的一张李益才的照片，
她说："那不是李益才。"

林天保见他脸色不好，没再继续说吕昭的事情，转而说道："今日一早，所有与这案子有关的人和线索都聚集在王恭厂了，我们快些过去吧，想必很快就会水落石出。"

二人上了马，与严肃会合后直奔王恭厂。路上，严肃依然对吕昭的身份有所挂怀，他说："吕昭这姑娘，行踪诡秘，身手不凡，极有可能是霍家派往吕家监视的探子。吕家是霍家的毒药来源，其他店家都是幌子。"

严明道："您说得有理，她自称从未出过吕宅，却对京城的环境并不陌生，想来必有蹊跷。"

林天保道："她事先对锦衣卫定有所了解，不然为何盯上了你，隐藏身份与你同行？"

严明道："我查案的时候，总感觉有线索特意送到了面前，我们的一举一动都在别人的掌控之中，霍家当真有如此遮天的手段吗？怕不是另有邪谋。"

当袁遥知道王星佐住所的装修风格时，下意识说："大概是王星佐没有改动房间的格局，他本不喜欢这样的风格。"

林天保笑道："这世间哪有那么多的……"

林天保瞬时愣住——四下突然亮了起来。他们抬头望去，一个硕大的火球划过长空，直奔王恭厂上空而去，光耀甚至盖过了当空烈日。街上众人呆若木鸡，像被施了定身法一般。那火球骤然膨胀，灼人的白光淹没了一切，时间似乎停止。隐约间，严明似乎看到不远处的天空被撕开了一个无限虚空的大洞。随后，便是地动山摇，仿佛有巨力将世间摇晃了一番，震天动地的巨响接踵而至。严明缰绳脱手，猛地从马上摔了下来。

街上扬起的尘土遮天蔽日，一时分不出东南西北，乱作一团。林天保俯身紧贴马背，大呼严明，可哪里看得见。少顷，尘埃略散，林天保赶紧下马，摸索着扶起严明，却见远远地跑来个小旗，那小旗跑得很急，一路上跟跟跄跄。小旗跑近后，气喘吁吁地说道："大人，不好了，王恭厂爆炸了！那火蹿到天上，把云彩都点着了！您也快回吧，等火烧过来就来不及了！"

"怎么就这么巧！"严明忍着痛低语道，"我不信这是天灾。"

听到这里，我心如擂鼓——李益才和王星佑因爱好历史结缘，一起去过的博物馆、相互赠送的古玩不计其数，而这位"李益才"在看到工业风的房间之后一点儿诧异都没有。

他说着就往马上爬，马匹却因受惊狂奔而去，严肃怒吼道："你魔怔了！天保，这里危险，快带他回去！"

远处已然红光冲天，将青天染上一层浓重的血红。火光之上乱云翻飞，楼檐屋角转瞬灰飞，数万百姓未能从火光中逃脱，被烈火吞噬。

哭喊声，呼救声，声声震天。火势过猛，根本无人敢上前救火。有人已经逃出大火，见亲人未能逃出，便重新冲进火海，伴随一声撕心裂肺的嘶吼，那人浑身是火，不及片刻便湮灭在了火海里。也有人冲出大火后，跪在地上朝着大火呼喊着某个人的名字，可无论他怎么喊，再也无人应答。还有那身娇体弱的母亲，将年幼的孩子紧紧护在怀中，终于逃出生天，自己早已面目全非，而怀中的孩子却依旧酣睡。她慈爱一笑，跌倒在地，便再也没起来。

人间处处是哀鸣，天下何处无悲声。

结局

七

我回想起在王星佑住所翻找线索的那两天，
我焦头烂额频频叹气，
而"李益才"手上的动作虽然没有停，
但从容得很。

严明抽出绣春刀抵住自己的脖颈，说道："父亲，我已经失去父亲一次了，不想再失去第二次。"

林天保没有上前夺刀，只是随手抓过一个提着水桶却不敢上前的官差问道："怎么回事？"

那官差答道："回官爷，突然就爆炸了。您看这火，我们也不敢去救。就怕火没扑灭，反而把自己的小命搭上了。"

严明也到了近前，说道："没问你这个，火是怎么烧起来的？谁放的火？"

那官差瑟缩着肩膀，一脸惊恐道："这，这我也不知道啊。我来的时候火已经烧起来了。"

结
局

八

这时，只见张文文从远处跑来，对着严明与林天保恭恭敬敬地弯腰行了个礼。严明见他在此，料想他定然知道其中缘由，赶忙问道："张文文，这大火是如何烧起来的？可有抓到那纵火之人？"

张文文道："回大人，此等火势恐非人力所及……"

严明沉吟不语。

火光之处哭声愈盛，张文文的声音衬托着哭声，传入严明耳中尤为刺耳："大人，您还记得我之前同您讲过的天有异象吗？"

严明道："记得。这次的大火与那些异象有关？"

张文文道："属下推测，二者之间必有联系。"

严明不耐烦道："究竟有何联系？"

张文文道："大人，属下之前盘问过在地安门守门的内侍，他说在大火发生前两个时辰，曾听到一阵奇怪的乐声。"

林天保疑惑问道："乐声？哪里来的乐声？可有看清是何人演奏？"

我给袁遥描述了跟"李益才"见面的所有细节，从她惊恐的眼神中，我知道我步入了一个新的圈套，不知道这一次是敌是友。

一队救火的官兵从他三人身侧跑过，各个手里拎着水桶，远远地朝着大火泼了过去，谁知愈泼水，火愈烈，火光中倒塌的房屋连在一起，远远看着竟像一条倒塌的火龙。火舌直冲九天，欲向青天诉说万般冤屈，却又被风阻挠，偏向另一侧飞去，直接延烧了西侧的房屋。

张文文继续说道："那乐声并无任何人演奏。那守门的内侍说，起初只听见一阵粗乐，听着听着，却又陡然换成细乐。过了不一会儿，竟又换成粗乐。这乐声时乐时悲，时缓时急，时怒时喜，阴晴不定。如此乐过三叠，才总算停下来。待这乐声停止后，那守门的内侍便想顺着声音来处去查个究竟，最后却发现这乐声来自地安门的火神庙。"

林天保诧异道："火神庙如何能发出乐声？"

张文文道："那守门的内侍推开火神庙门后，刚想进去看看究竟是怎么回事，结果一个大火球突然从殿中滚出，直接滚上了天，竟在天上燃了起来，把天上的云都燃成了灰。燃着燃着，突然就是一声巨响，那个火球竟然在天上爆炸了。那声巨响想必您也听见了，那一瞬，地动山摇，死了好多人。听说连皇宫里头都死了人。"

无数房屋在大火中倒塌，隆隆震耳，像是即将倒塌的王朝，一旦倒在火光中，便再也爬不起来了。

张文文突然说道："听闻皇太子被宫中掉下的横梁砸中，生死未卜。您说，这会不会是天意？"

严肃脸色大变，语气略带警告之意，道："要是想活命，此话莫要浑说！去吧。"

张文文匆匆离开了，三人徘徊在火场边缘，人证、物证付之一炬，朱楼高阁化为焦土。严明深深呼出一口气，道："费力查到的线索都被烧成灰了，可惜父亲您用心良苦，怕是一切都白费了。"

远处火光未消，照着严肃一张皱纹肆虐的脸。他费力地拖着马匹的缰绳，眼中满是疲惫，眼角踌躇，双眸失去神色，仿佛瞬间心如死灰。他长长地叹了口气，道："罢了，罢了，哎，为父尽力了，心中无悔。剩下的，便听天由命吧。"

严明脸色铁青，道："我有种不祥的预感，我们不过是棋子而已，冥冥之中似乎有人在操纵着，对抗着。有人引我们来到这里，有人将这里烧成灰烬。"

"救救我……"求救声打着战，飘扬在火场里。

严明大惊，竟是个有些耳熟的女声。林天保也注意到了这声呼喊，他拦住严明道："很近，你别来添乱，我去去便回。"

严明眼见林天保的背影消失在火光里。

一阵劲风吹来，火舌顿时随风席卷天地，木制的建筑仿佛棉絮般一触即燃，燃烧的碎屑从天而降，仿佛赤色的飞雪。严明只觉热浪扑鼻，喘不过气，身旁燃烧声噼啪作响，马匹痛苦地嘶鸣，那求救声早已消失。

严肃拖着严明避开凶猛的火舌，大声喊道："我大意了！你说得有理，有人想毁掉线索，并趁机烧死对方的棋子！"

"父亲……"严明想说话，却口干舌燥发不出声音。

严肃拔出绣春刀，干涩地说："一起死在这儿，怕是我们父子俩的宿命了。"

父亲的语气很平淡，严明顿觉眼角湿润，在一瞬间就被蒸干了。如果这就是最后的结局，与父亲和最好的朋友死在一起也未尝不可。

突然，严肃用刀柄猛击严明的后颈，他的意识模糊了，手脚不听使唤，尚未发出的叫喊声都噎在了嗓子里。他感觉自己被绑缚住，推到发狂的马背上，抬眼只能看到被火光染红的天空，仿佛重伤之人流淌的鲜血。

马嘶吼着，狂奔着，仿佛在为谁的离去鸣奏一曲哀歌。

很久很久以后，严明醒了，他躺在陌生的房子里，身边放着一封
信："如果历史不是必然，你愿意加入吗？"

我们正在前往派出所以路上，
希望一切顺利．